部首の誕生 漢字がうつす古代中国

部首的誕生

漢字之美，中文的「字」不只是意義的符號，更透露「人」應秉持的生活、信仰與世界觀。

中國古文字與上古史專家、日本立命館大學
白川靜紀念東洋文字文化研究所客座研究員
落合淳思——著　黃筱涵——譯

Contents

2 一個字究竟有幾種寫法？…………047
3 部首怎麼分類？…………051
4 時間越久遠，字義越多元…………059

第二章
源自生產活動的部首…………067
相較於豬和雞，草食性的牛比雜食動物難飼養，所以價值更高。過去貴族祭祀時會以牛為犧牲品（祭品），彰顯權力和財力。

第三章
依人體外表與行動造字…………105
「止」如今多指停止，不過，最初的意思其實是前進。它的象形是腳踝以下的足部。

第四章
由祭祀儀式獲得的權威感……133
「示」是祭祀用的桌子，左右兩個點的說法有二：一派認為是肉類供品的血滴，另一派則認為是酒滴。

第五章
寫進文字裡的建築與自然……165
「熊」原本指火（灬）燒得很旺，那魚、鳥跟火有關嗎？

第六章
合體字的由來……193
四千年前的古代中國，最貴重的金屬是青銅，所以「金」原本指銅，直到戰國時代才用金代表黃金。

第七章
複雜字形的歷史…………229
阜與邑放在偏旁時都寫作「阝」，但演變過程完全不同。
其實，山也曾經變形成相似的形狀。

第八章
持續中的字源研究…………255
「片」最早出現在秦代篆書，由於沒有更古早的資料，
沒辦法確認最初的字義。有人認為是木片，也有人說是左右相反的爿。

後　記　從部首了解人類社會的起源…………275
參考文獻…………279
部首索引…………283

推薦序一

來自秦國的家書

——《李的歷史故事》Podcast主持人／李洵

考古學中有段話：「**有文字的古物，比起沒有文字的古物，價值遠高千倍。**」

一九七五年，中國湖北省雲夢睡虎地出土了十二座小型木槨墓，據學者考究，這是秦代古墓（按：戰國晚期至秦始皇時期）。木槨墓是商代到西漢年間常見的墓葬形式，古人會先挖一個大深坑，接著把棺材放在墓穴中間，並在棺材四周擺放陪葬品。

考古人員在其中三座墓裡，找到了秦代文字。這一發現震驚了考古界，因為在此之前，相較於同時代的其他國家，秦國出土文獻的數量較少，所以我們對秦國也知之甚少。

睡虎地十一號墓出土大量的竹簡，包括《編年記》、《秦律十八種》、《語書》、《效律》、《秦律雜抄》、《為吏之道》、《日書》等。墓的主人叫做喜，是秦國官吏，而他的墓穴裡沒有貴重物品，就只有各種工作筆記和法律文書。對喜來說，這是他人生中最重要的東西，也是他的人生意義。

四號墓比起十一號墓顯得寒酸很多，不但小，也只出土了兩片秦簡。但特別的是，這是兩封家書，也是中國考古史所挖到最早的家書。

墓的主人叫做衷，兩封家書來自他的兩個弟弟，一個叫黑夫，另一個叫驚。竹簡上的字跡秀麗且筆跡一致，應該是由秦國軍隊中抄寫員所寫。

黑夫跟驚的信中，都提到他們在淮陽與叛軍交戰，所以史學家推斷，信件的背景應是在秦滅楚之戰。當時，李信領兵二十萬出擊，不料遭到昌平君叛變，被楚國前後夾擊，最終大敗而歸。

黑夫和驚在信中，先是向母親問好、託大哥照料家裡。驚出征前剛娶妻，所以特別叮囑妻子多多容忍、注意婆媳關係，他也擔心妻子的安危，要她別到離家太遠的地方撿柴。

隨後，兩人話鋒一轉，都提到自己身上沒錢、沒有夏天的衣服可穿，所以希望家裡寄一些錢和布，不然他們已經快把借來的錢花光了。兩封信裡都寫到「急急急」，很可愛。最後，兩人也向家人報平安，說自己很好，不用擔心他們的安危，也希望家人們別到危險的地方去。

不過，由於第二封也寫到「急急急」，看來衷後來還是沒寄錢給弟弟們，可見家中清貧；黑夫和驚最終也沒能平安回家，兩人的生命就停格在那場動盪戰役中，否則，衷也不會選擇將弟弟們的信與自己合葬，想必是對衷來說，這兩封信是人生中最寶貴的物品，也是他對兩個弟弟最深刻且唯一的連結。

原本只應寫兩百字的推薦語，可我實在太想分享這段故事。尤其看到這兩封家書時會驚訝的發現：你是認得某些字的。

本書提到的簡牘文字，即簡化當時流行的篆書，而戰國時代秦國的字形又逢隸變（按：秦代至漢代間，小篆演變為隸書的過程）。由於文字更靠近現代，我們能一眼看懂某些字形，你也會從中體悟到跨越兩千年的古人情感——對母親的掛念、給家人的叮嚀、對大哥的期望——都體現在這兩封家書的文字中，也成為了衷的遺憾。**這便是文字之美的可貴，讓我們得以橫跨時空，細細品味古人的心境。**

謹以本文，獻給喜歡文字的每一個人，也獻給本書。

推薦序二

漢字的誕生與更迭，就像一齣迷人的歷史連續劇

「不像國文老師的國文老師」IG專頁版主／高可

「齒」的甲骨文字形是□□字，看起來像張口見齒的樣子。小篆字形在上部增加了「止」字，用「止」表示聲音，至此變成了□□字。

這段文字的空格處，依序應填入何種造字原則？

甲骨文	
小篆	

（出處：一一二學年度國中教育會考國文科第一部分第六題。）

這是國中教育會考每年必出的題型，□□中的答案分別是「象形」與「形聲」。而在新課綱主打素養、培養孩子帶得走的能力與跨領域整合等概念之下，為什麼仍出這種造字法則題目？

因為**造字法是漢字結構與意義的重要核心**。

在現今的快時代裡，越來越多人不在意字該怎麼寫、筆畫亂撇，到底是狂草抑或鬼畫符？有時老師們批閱作文甚至得通靈。手寫習慣也逐漸消失，人們的書寫能力大幅退化，導致語文冷感（按：對語言、文字缺乏興趣或感受力，對文學、語言學習等相關事物提不起勁的現象）、說話時經常詞窮。

其實，不會寫字也無妨，一段語音或敲幾下鍵盤，手機螢幕便會出現相應的字。這種便利固然是種科技進步，但也削弱了人們對字形結構、字源文化的敏感與理解。離開了課堂，有多少人還對文字的起源、演變有興趣？

這是一種文化剝奪（cultural deprivation，按：因教育或價值觀，而缺少能夠在教育制度中取得的適當語言和知識）——我能打字，卻寫不出字。缺乏對字源的認識，讓人無法從文字體系中培養邏輯與歸納能力，當書寫和形義解讀兩者日趨消逝時，漢字的歷史也隨之湮沒。

為此，我們必須培養寫字的能力與讀字的眼光。

在教育現場，國文老師們從七年級（國中一年級）便開始介紹六書及文字的演變——甲骨文、金文、篆書、隸書、草書、楷書、行書——取首字就可以變成一道口訣：假金賺利超開心，讓孩子們更方便熟記。授課時也不用特別想有趣的哏，因為**漢字誕生與更迭的過程，就像一齣迷人的歷史連續劇，每個階段都承載著不同的造字邏輯與文化故事**。不灑狗血，卻處處有爆點，一如本書所述：

- 「虹」原指雙頭蛇神，字形表現出如彩虹般閃耀的蛇鱗。
- 「鮮」原來不是指鮮美，而是指容易散發腥味的魚。
- 「醫」從酉部，酉與酒有關，原指用藥酒為外傷消毒、治療。
- 「醜」原指捧著酒杯祭祀鬼魂，酒鬼喝醉後神情扭曲、面目可憎。
- 「福」指在祭祀儀式中用到酒，示部（ネ）指供桌，畐是酒桶的形狀。以酒報神之福，或祈求保佑。

很有意思對吧！你甚至能從中發現，漢字起源於視覺。

此外，本書從部首出發，除了能辨識漢字如何分類，也一步步帶出古代人們的生活場景與思維。時間越久遠，字義也越多元，一旦洞察這些基本原理，我們就能有系統的理解文字，而不只是死記字形，或依賴語音輸入。

每一個偏旁都不只是筆畫，更是一個鮮活的文化標誌。

讀完本書，必定會點燃你與別人分享的欲望：「欸欸！你知道嗎？其實這個字原來是……。」

現在就和本書一起追溯文字背後的故事，領略千年的文化風景。

推薦序三

你每天都在用，但未必注意到的漢字祕密

《厭世古文偵探》作者、高中教師／厭世國文老師

兩個你應該要知道，但很有可能會答錯的問題：

1. 英文有二十六個字母，那注音符號有幾個？
2. 漢字的部首總共有多少個？

以上的問題看似簡單，卻如同流理臺上那堆沒洗的碗盤——它們的存在不僅提醒我們忘了什麼，更暴露我們對語言的陌生，甚至遺忘某種文化身分。

不過，先別急，這兩個問題的答案，我們留到最後揭曉。

現在，請翻開《部首的誕生》這本書。誠實說，如果你需要一本查部首的工具書，它並不能夠滿足你的需求，但如果你準備好展開一場探索漢字結構與文化記憶的旅程，那它將是一位知性又迷人的嚮導。

本書作者帶領我們深入文字如何參與「世界分類」的工程：從動植物、人體、器物、自然、建築、複合結構、文字分化，最後到語源不明等主題，逐步拆解部首的來源與演變。

部首是古人留下來的導航符號。看到三點水「氵」，你就知道這個字與水有關；看到草字頭「艹」，你猜得到它與草木有連結。

疒是病床的形象，也是身體與苦痛的紀錄；女作為性別，同時與身分、家族、情感密切相關；心則指心臟，也是愛與恐懼的容器。

部首，是一種把語言與生活緊緊纏繞在一起的世界觀。當我們談論部首，不僅是觀察這個字的邊旁，同時也在確認，漢字如何在現實中建立一個可重複使用的符號系統，並用來表達、溝通，以及記錄歷史。

這套系統，你到底還記得多少？是否可以辨認部首最初的形狀？或是否能拼湊那些隨著時間逐漸模糊的語義？

你和你的孩子，每一次書寫止、攵、犭這些部首時，不只是寫下一個符號，更是無意間觸碰到漢字文化圈的深層記憶。那是一片片拼圖，嵌入古今的語意中，建構如今的閱讀與理解。

想像一下，那雙曾在龜甲與獸骨刻下刀痕、在泥版描繪動物輪廓的手，創造的線條與筆畫，穿越千年時間來到你面前。它或許完整、或許殘缺，但都以某種形式留在紙張、生字本與作文簿上，你重新演示了人類如何以文字馴服世界的儀式。

我們習以為常的使用漢字，似乎不太願意回頭思考：它究竟怎麼形成？更少有人真正觀察這座由漢字構築而成的世界，它的內部是一套深層的結構。

部首，正是這個世界的骨架。你最初學習它們，也許只是為了查字典、識讀漢字，無意間進入故事與知識的王國。不過，接下來你有機會透過本書，重新認識這些部首背後的文化脈絡與歷史演變。

那麼，我們來揭曉一開始兩個問題的答案：

1. 注音符號共有三十七個，再加上四個聲調符號。
2. **漢字的部首共有兩百一十四個。**

你答對了嗎？

好評推薦

許多人或許只將部首視為查閱字典的工具，但落合淳思教授透過本書告訴我們：現今通行的兩百一十四個部首中，有八成源自三千多年前的甲骨文。它們不只是漢字的基礎，更像是濃縮了古代生活智慧和文化發展的歷史長卷。

不論你是文字愛好者，或是對漢字的奧祕感到好奇，這本書將引領你，從筆畫和起源，重新認識漢字博大精深的世界。

——虎尾科大語言中心教授、「文科教授跨域國文學習筆記」粉專版主／王文仁

從事國語文教學數十年，最常遇到學生問：「老師，這個字怎麼記？為什麼這樣念、這樣寫？」其實，真正有效的記憶不是死背，而是理解其造字邏輯與故事。

本書正好呼應了我在課堂上教授字音字形時所強調：**文字不是冰冷的符號，而是文化的累積與生活的延伸**。透過部首與字形的解析，我們不只學會怎麼寫，更懂得為什麼這樣寫——原來每個字背後都有故事。

真心推薦每一位正在學字、用字、教字的人，一起體驗漢字的美與文化的根。

——王欣國文專業教室創辦人／王欣老師

原來，新鮮的鮮，本義是散發臭味的魚；原來，停止的止，本義不是停止，而是前進；原來，古代醫生會用酒治療，所以醫從酉部。

本書解析了部首中的古代社會生活，同時還原字詞的本義。例如，武是手持戈進軍打仗，並非《左傳》說的「止戈為武」、追求和平。

推薦各位老師們將本書作為**教學工具書**，用以檢索課文中的字詞，並搭配文意教學，讓學生們透過部首，更快進入文言文的世界！

——高中國文IG粉專版主／安心

前言
部首，古代世界的縮影

漢字部首被安排在小學教育的國語課程中，相信很多人都是在這時學到部首。但是，如今部首僅剩下分類漢字的功能，在閱讀或書寫時，鮮少會意識到部首的存在。從實用層面來看，也只有查閱字典，或是在電話中說明某個漢字時，才會用到吧？

然而，從歷史的角度來看，部首其實具有更龐大的功能。古代創造文字的時候，部首都與該文字的意思有關。

舉例來說，「橫」的部首是木（木），原本指橫向卡住門的木製門閂，後來人們才賦予這個字橫向的概念，所以對現在的我們來說，才會難以理解為何橫字的部首是木。

同樣的，「測」的部首是水（氵），原本的意思是測量河川水深。後來，這個動詞也用在其他測量行為上，如今才讓人難以明白為何測字的部首是水。

除此之外，本書還將介紹為什麼縮的部首是糸、輕的部首是車、旗的部首是方，以及為什麼雇的部首不是戶而是隹等。

目前部首共有兩百一十四個，而確立這個數目的歷史並不久遠，大約在十七世紀至十八世紀之間。但是，漢字的歷史非常古老，而這兩百一十四個部首中，超過八〇%在三千多年前的甲骨文就已經出現。

因此，**漢字部首並不只有字面上的意思，還反映出古代人們的生活、文化、社會與制度等**。舉例來說，貝這個部首主要用在與財貨有關的文字，這是因為古代中國將貝（寶螺）當成貴重物品交易；广的形狀則像是缺少了一面牆壁的住宅，這其實代表王宮，也就是王在建築物中望向屋外的臣子們，反映了「天子南面」（按：古代以坐北朝南為尊，帝位面朝南方）的制度。

本書序章與第一章將簡單描述漢字與部首的歷史，第二章起會從兩百一十四個部首中，深入探討較常用的部首，彼此間有關聯性的部首會一起介紹。至於較少見的部首，則會在各章結尾的小單元簡單說明。

每個部首都會說明其形成過程、意思與歷史上的變化等，也會介紹使用該部首的文字。如此一來，即使現在的字面含意已經與最初完全不同，相信你應該也能夠理解一個字的結構。此外，許多部首和文字都與當時的文化、社會有關。

認識漢字的部首，不僅可以了解其背後的含意，還能一窺漢字形成的過程與古代社會文化等，本書想傳達的就是部首如此有趣的一面。

序章

漢字的歷史——從甲骨文到楷書

現存最古老的漢字資料，是商代後期（西元前十三世紀至前十一世紀）所打造的甲骨文。相較於後來的朝代，商代的發展還不夠成熟，法律與官僚制度都不完善，但是，商王憑藉當時龐大稅收帶來的強大經濟實力，加上擁有大規模軍隊的軍事力量，使其得以統治遼闊的區域。此外，商代不僅將青銅（銅與錫等製成的合金）用於武器，也用以打造祭祀用品，藉此樹立了宗教方面的威信。

漢字的文字系統在甲骨文時期，就已經相當完整，出現了許多後人當作部首使用的字，也可以看到由複數象形文字組成的複雜結構。

雖然目前還不能確定漢字具體成形於哪個時代，但是從發達的文字系統來看，很可能是商代後期的幾百年前。因此，歷史悠久的部首，也許正是反映商末，甚至是更久以前的文化與社會。

漫長的歲月，導致寫在木或布上的文字都已腐爛，難以留下考古資料。但是，商末開始流行用甲骨（龜甲或動物骨頭）占卜，並將占卜內容雕刻在甲骨上。由於甲骨不易腐爛，才得以在三千多年後的近代被發現。

左頁圖 0-1 是甲骨文文物，形狀與楷書（現在通行的字體）有相當大的差異，不過，甲骨文與楷書之間其實是有關聯的。

甲骨文是用青銅刀刃，在堅硬的甲骨上雕刻（見圖0-1），因此其文字線條以直線居多。當然，在商代遺跡出土的甲骨、土器中，也有發現以筆書寫的文字，這類文字就有較多的曲線，應該是商代文字原本的樣貌（見圖0-2，該字為祀）。

甲骨文中，有許多文字都是直接呈現其外觀，稱為象形。例如，虎字就以

▲圖 0-1　使用青銅刀刃，在堅硬的甲骨上雕刻的甲骨文，其文字線條以直線居多。（出處:《吉林大學藏甲骨集》。）

▲圖 0-2　商代以筆書寫的文字，線條比雕刻的文字圓潤。（出處：《武丁與婦好》。）

表現出虎紋與尖牙，象字則以帶有長鼻子的表達。由於漢字自古就使用直書，所以這兩個象形字都是頭在上、尾巴在下、腳在左邊。將本書逆時針旋轉九十度，就可以看出老虎與大象的模樣。

既然文字具有象形性，那麼多個象形文字組合在一起時，當然也能直接看出其意。舉例來說，休字是人靠著樹木休息的模樣，在商代甲骨文中，由人（）和木（）組成；源自於女性慈愛抱著孩子的好字，則是女（）抱著子（）的（後來楷書將位置左右對調）。

甲骨文的特徵就像這樣，具有高度象形性，**後世化為部首的文字，也幾乎都是這些描繪外觀的象形字**。

金文——造字的理論化

西元前十一世紀，商代滅亡、周代成立，也就是所謂的西周（西元前十一世紀至前八世紀）。周代接收了商代大部分的領土，並建立封建制度（將土地分封給王室成員或功臣），以維持王朝統治的穩定。

西周原本是位在商代西方的勢力，並未擁有自己的文字，因此沿用商代的系統。或許是因為如此，西周成立後就鮮少出現全新的字符，多半是組合原有文字。

這段時期的造字方式，大都結合既有文字的含意和讀音，從概念上表現文字的意思，所以象形性大幅減弱。其中，表現意義的部分稱為形符，表現讀音的部分稱為聲符，這樣造出來的字即形聲字（詳見第一章）。這段時期的形聲字特別多，而當中的形符，在後世也多被歸為部首。

自西周以後，造字方法產生變化，優點是造字理論變得更有系統，缺點則是造字自由度降低。**以現存的兩百一十四個部首來說，其中一百七十五個在商代早已出現**，而創造於西周的只有十五個（包括分化後的部首，其他則還有東周九個、秦代後十五個）。

西周的文字資料主要來自金文，即青銅器上的銘文。雖然金文在商代就已經出現，但當時僅用來標明族徽（器具製作者所屬族群的記號）或祖先名等，直到商末才出現較長的銘文，西周時開始出現少則數十字、多至數百字的金文。

西周金文多半記載當時的儀禮，初期流行賞賜金文，也就是上位者（君主或有權人士）給予下位者（中小領主階層）的賞賜，中後期時則出現更多君主任命官職的冊命金文。

由於青銅器十分昂貴，所以書寫、雕刻時，一筆一畫都必須非常慎重，但或許是因為西周在雕刻金文時不吝耗費心力，所以能看出字形變得複雜的傾向（見第三十二頁圖0-3）。

簡牘文字與篆書——社會變遷，字形也起變化

西元前八世紀，嫡系傳承（按：由正妻的長子繼位）的西周因外敵入侵滅亡，庶系（按：同一宗族，但由正室以外的妻妾所生）在東方重振勢力，史稱東周，又稱為春秋戰國時代。

西元前八世紀至前五世紀是春秋時代，東周朝廷的權力衰減，各地諸侯（地方領主）各自發展外交，統治中小諸侯的「霸主」（按：眾諸侯國領袖的稱號，非實

質官職，但通常比其他諸侯享有更高權力）也是在這個時期出現。

西元前五世紀至前三世紀則是戰國時代，此時連霸主的地位也逐漸式微，勢力龐大的諸侯實施專制（獨裁），併吞中小諸侯。這些自立為王的諸侯們也引入徵兵制度，激烈的戰爭不斷爆發。

戰國時代已有完善的法律與官僚制度，因此識字率遠高於以往，漢字使用者大幅增加（儘管如此，仍不到總人口數的一％）。隨著行政文書中漢字使用頻率增加，人們開始重視書寫文字的便利性，使漢字的象形性進一步減弱。

文字的形狀也因國家而異，反映出當時社會嚴重分裂，有些文字甚至連結構都不同。下頁圖0-4以戰國時代的「起」字為例，可以看出有的國家使用的不是「走（走）」而是「辵（辶）」（[illegible]、[illegible]）。

此時的戰國時代也開始流行各種思想流派，包括孔子創立的儒家、衍生自儒家並主張嚴刑重罰的法家、追求無為與自然的道家等。

隨著思想發展，許多抽象的概念誕生，對應的文字也隨之出現。然而，由於象形難以表現抽象概念，所以這個時期造的字，象形性又更加薄弱。

戰國時代同樣繼承在青銅器刻上金文的文化，不過，近半個世紀，考古學家也在中國長江流域發現許多當時的簡牘文字（寫在竹簡或木牘上）。長江流域潮溼地區較多，在水中含氧量極少的墳墓或井裡等，才能挖掘出保存得較完好的竹簡。

左頁圖0-5是戰國時代的竹簡。由於簡牘文字使用的材料更便宜，因此簡化字形的傾向更加強烈。由於這個時期使用的筆較細，所以

▲圖 0-3　雕刻金文時，一筆一畫都必須非常慎重，但可以看出字形較甲骨文複雜。（出處：《故宮博物院⑫青銅器》。）

秦國	（起）
楚國	（起）
	（⿺辶己）
	（⿺辶巳）
晉國	（起）
齊國	（⿺辶己）

▲圖 0-4　以「起」字為例，戰國時代各國有不同寫法（括號內為楷書印刷版）。（出處：《戰國文字字形表》與作者整理。）

尚未出現八分書（隸書）與楷書。

四分五裂的春秋戰國時代，由秦國的始皇帝於西元前二二一年統一。秦始皇不僅統治了所有領土，也試圖統一所有制度。他廢除封建後，實施由中央指派官員的郡縣制，並將秦國嚴苛的法律拓展至全國。

在這個過程中，文字也逐步統一，稱為篆書（小篆）。篆書是以先秦的金文為基礎，但採用部分新字與

▲圖0-5　戰國時代的竹簡，字形有簡化的趨勢。（出處：《上海博物館 戰國楚竹書・一》。）

▲圖0-6　篆書是以先秦金文為基礎，反映出金文字體的曲線風格。（出處：《書道全集・一》。）

新字形（見上頁圖0-6），可以看到篆書反映出金文字體的曲線風格。

最先被統一的是正式文書與碑文上的文字，竹簡或木板等手寫體仍以戰國時代的簡牘文字為主。左頁圖0-7即秦代木牘（木板）上的文字，相較於同時代的篆書（見上頁圖0-6），字形更接近戰國時代的竹簡（見上頁圖0-5）。

隸書、楷書——筆法變化與地位翻轉

當時的農村因秦始皇頻繁征戰與大興土木而日益疲弊，使得秦始皇過世後，各地立刻爆發大規模叛亂，後由項羽稱霸。然而，項羽政權也不穩定，最後被曾依附其旗下的劉邦消滅。中國在劉邦手上重新統一，人稱西漢（西元前二〇二年至八年，又稱前漢）。

西漢承襲秦代的制度與法律，但採取了更實際的政策——封建與郡縣並行的郡國制、不偏向法家的思想政策等。文字方面則與秦代一樣，既有篆書，也流行簡牘文字。

西漢在八年遭王莽篡位，而後劉氏旁系重振勢力，建立了東漢（二五年至二二〇年，又稱後漢），原本屬於手寫體的隸書則開始普及。

東漢時，造紙技術改良，以粗筆在紙張上書寫的習慣更加普遍，因此人們開始重視優美的筆法，進而出現正式字體八分書（隸書）。戰國時代以後，便將不

▲圖 0-7　秦代木牘保有戰國時代的字形特徵。（出處：《里耶秦簡》。）

▲圖 0-8　八分書（隸書）的字形較為扁長，看起來已經相當接近現代的楷書。（出處：《中國法書選 6》。）

如篆書正式的字體稱為「隸」，秦代有秦隸、漢代有草隸，篆書和隸書的地位在東漢卻完全相反。

上頁圖 0-8 即為八分書的範例，其特徵是扁長的橫向筆畫，有撇、捺（稱波磔），字形以縱、橫筆畫為主，曲線較少，看起來更接近現代通用的楷書。

不過，追根究柢，東漢的八分書還是從篆書演變而來，所以我們對文字系統不宜線性解讀（見圖 0-9）。舉例來說，現代日本所使用的新字體麦，原本是麥，前者源於簡牘文字，後者則是篆書，在歷史

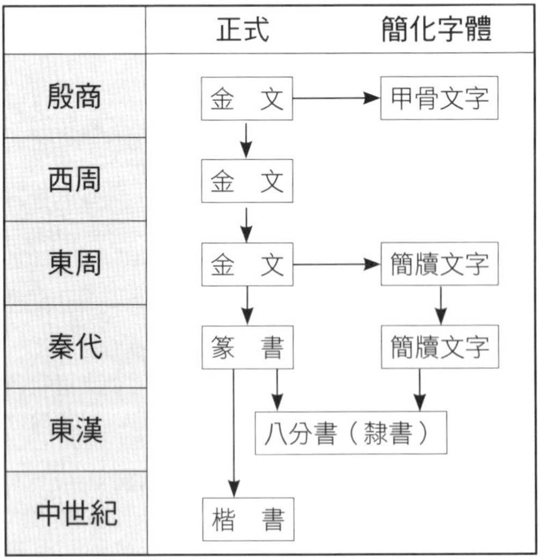

▲圖 0-9　漢字字體的變遷。

上已並行了兩千年以上（見第六章）。

東漢時期，一部劃時代的漢字研究文獻《說文解字》誕生（於一〇〇年成冊），首創部首編排法，尤其重視字義。

中世紀時，才終於出現筆法更加嚴謹的楷書。雖然學者們一致認為完善楷書筆法的是四世紀的王羲之，但當時的字形尚未固定，仍流行各式各樣的異體字（同字不同字形）。

到了隋（五八一年至六一八年）唐（六一八年至九〇七年）時代，開始實施選拔官吏的考試制度科舉。由於科舉將字形納入評分項目，因此必須確定哪一種變體的結構最正式，也就是所謂的正體字，因此出現與之相對的俗字（按：不一定指漢字簡寫，凡是有別於正式字體，且流行於民間的寫法皆可稱為俗字）。如第三十九頁圖0-10，取自記錄唐代字樣的《干祿字書》，書中收錄正、通、俗三種字形——正體字、通用字與俗字。由於唐代也認為篆書是最正式的字體，所以有些隸書字體是以篆書為基礎簡化。

此外，儘管被稱為俗字，也並不代表完全沒人使用，仍有一部分簡略字形因其便利性，在手寫或印刷時使用，而留存至今。

現代漢字——《康熙字典》與現代字體

繼《說文解字》後，也陸續出現了各種字典。由於《說文解字》中的部首多達五百四十個，不易查閱，所以後世加以修正，並於明代（一三六八年至一六四四年）末期彙整為兩百一十四個。

現代日本漢字的造字基準是依清代（一六一六年至一九一二年）所編纂的《康熙字典》（一七一六年成冊），同樣採用兩百一十四個部首的結構，並收錄超過四萬個字。

日本漢字將《康熙字典》中，粗體並放大的字形視為正體字。然而，由於原書收錄大量的漢字，編輯並不完善，因此也可見字形有誤與部首分類混亂的情況。

現代日本所使用的漢字，稱為新字體，即二戰後制定的《當用漢字》（一九四六年發布，共一千八百五十字）中，經過局部簡化、較易書寫的字形。後來的《常用漢字表》（二〇一〇年發布，共兩千一百三十六字）與另外增加的《人名用漢字》（截至二〇一七年，共有八百六十三字）也使用了新字體。目前，同字不同形的正體字（舊字體）與新字體，已經多達五百字（依計算方法而異）。

臺灣目前使用的漢字為正體字，同樣延續清代以來的繁體字書寫體系。教育部於一九八二年公布《常用國字標準字體表》（共四千八百零八字）和《次常用國字

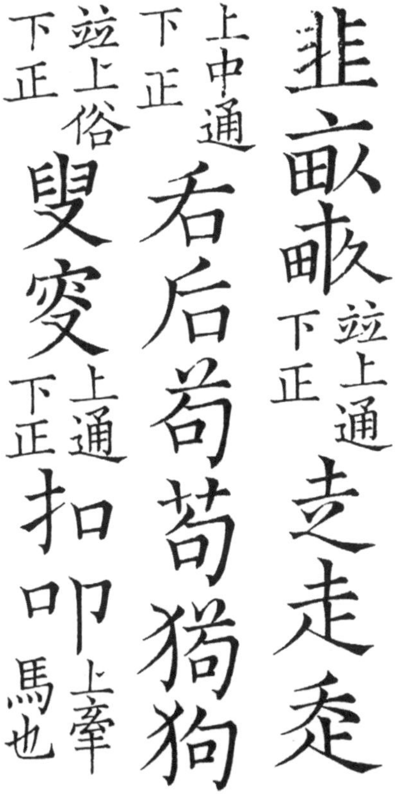

▲圖 0-10　《干祿字書》的一部分，書中收錄正、通、俗三種字形。（出處：文化十四年官、版書籍刊《干祿字書》。）

標準字體表》（截至二〇一七年，共六千三百二十九字），作為教科書、公文、出版品與一般教育用途的用字標準。

至於未列入上述字體表的漢字，教育部亦整理了《罕用國字標準字體表》（共一萬八千三百八十八字），作為補充性參考，收錄古籍、文獻、姓氏、地名或特定文化語境中的字詞。

一九八四年起，教育部將正字（即上述標準字體）、異體字與待考字等，彙整為《異體字字典》。截至二〇二四年，收錄超過七萬四千三百八十一筆異體字形，說明其字源、對應正字與使用情境，總計十萬六千三百零三字，且持續修訂中。

此外，臺灣並未推行簡體字制度，通用字形大都保留《康熙字典》所載的繁體字形，因此與中國簡化字與日本新字體形成明顯對比。

新字體的部首不一定和原本一樣，若按照部首筆畫排列，新舊字體將呈現不同順序。本書首重字源與原始意義，因此會按照正體字的部首順序解說。

其實，當字體演變至楷書時，就已經出現一定程度的變形，也就是說，即使是被視為正體的楷書，從字源的角度來看，也可稱為俗字。

漢字的部首形狀會隨著歷史變化，而本書要講述的便是其演化過程。

接下來，我將依序解說部首的變化，並列出各時代的字形，呈現其差異。由於部分原始資料破損或遭到汙染，難以直接辨識，本書將以特別字體重現各時代的字形樣貌。

第一章

部首的歷史——從《說文解字》到《康熙字典》

1 漢字起源於視覺

文字的意義並非固定不變，一直隨著時代而有所變化。第一章將介紹部首的歷史，不過，在此之前，必須先討論漢字的起源（結構），這是部首分類的基礎。

漢字的造字方法中，最常見的有象形、指事、會意與形聲四種（按：與轉注和假借並稱為「六書」）。

其中，象形為象實物之形，也就是依視覺看見的形態，直接模擬物體的外觀造字，屬於圖畫文字的延伸。除了序章所舉的虎（）、象（）等動物外，還有表現出人類模樣的女（）、子（），人工製造的矢（）、皿（）等（括號內皆為為甲骨文，後文未另行標示者亦同）。

指事是以記號表示抽象或相對概念。舉例來說，上（）就是在長基準線上方

畫出一條短線，藉此指出在上面之意，下（）則相反。

在象形文字加上記號，也是指事文字。例如，血（）是在皿（）中加上代表血液的小點，藉此表示獻祭血液的儀式。

會意則是組合象形字或指事字，以表現人的動作或事物。除了序章所舉的休（）、好（）之外，還有代表人背著孩子的保（）、將箭矢架在弓（）上的射（）等。

由於本書的主題是部首，因此便不在此處贅述這些文字的起源。

形聲字，是取表現大概意義的形符（或稱義符）與代表讀音的聲符組成，其部首通常是形符。

舉例來說，洗的形符和部首是水（），先則是聲符，代表與液體有關的行為；持的手（）是形符，寺是聲符，代表與手有關的行為。

不過，形聲字與聲符的讀音可能有過變化，導致形聲字的讀音與聲符不同。舉例來說，猜的形符是犭、聲符是青。古人認為狗是警覺性高、容易受刺激的動物，所以猜指多疑、猜測。然而，聲符青的讀音與過去不同，所以難以從聲符判斷猜的讀音。

另一方面，由於形聲字是組合既有文字，所以造字時較為容易，自西周起便大量出現，**後世所造的文字也幾乎是形聲字，使得現代漢字中將近九成都是形聲字。這也代表，只要能理解形符與聲符，就能夠分析許多文字的結構。**

◀矢、皿、上、下、血、保、射的甲骨文字形。

2 一個字究竟有幾種寫法？

前文已經説明四種造字方法，但是，考量到歷史演變的過程，還有幾點必須補充説明。

異體字便是其中之一。文字剛出現時，就有多種寫法，並隨著時間推進，逐漸區分變體、簡化字體與俗字等，因此常見多種字形並行的情況。以象為例，除了序章中提到的之外，還有省略尾巴的，或是整個字都經過簡化的等。

現代日本漢字中的新字體與舊字體，也屬於異體字的關係。例如：辞與辭、沢與澤、図與圖等。

某些異體字中，甚至出現結構上的變化。例如雲，古代雲字的象形是云（），後來加上雨才形成雲。在這個發展過程中，原始的字形稱為「初文」

（云），而後演變出的結構稱為「繁化字」（雲）。

順帶一提，當文字的意思改變時，最初的意思稱為本義，後來發展出的意義則稱為引申義。以序章的好為例，本義為慈愛，引申義為喜歡或良好。

此外，漢字的歷史也曾發生分化，指異體字各自獨立成為不同意義的文字；相反的，也有本義不同的文字演變為同形，本書稱其為同化。部首的分化與同化，將在第七章說明。

形聲字中也會出現聲符同時表現讀音和代表意義的情況，自古便有學者注意到這個現象，稱其為「亦聲」。如先前提到的雲字，其中的云除了表現讀音之外，同時也保留其本義。

而簡化聲符字形的情況，則稱為省聲。以融為例，原始結構是形符鬲與聲符蟲，後來蟲被簡化為虫。

漢字中借用同音字表示意義的方法，稱為假借。例如數字六，在商代，強調屋頂形狀的字形寫作介，而當時六的讀音與之相近，便借用介形代表數字六。

在《說文解字》中，除了假借之外，也記錄了轉注方法。然而，書中雖然淺顯易懂的解釋了假借，對於轉注卻只有簡略、模糊的說明。因此，世界各地對轉注的定義眾說紛紜，日本學界普遍認為指字義的轉用（按：臺灣教育部重編國語辭典修訂本解釋為：音近義同，可以彼此輾轉相注者）。

舉例來說，幺（）是絲線的象形，後來的字義卻從染色絲線轉變為黑色。字形進一步分化後，使強調絲線上部的玄字也有黑色的意思（按：在《說文解字》中，玄字被歸類為象形字。由於六書起源古老、部分定義模糊，現代學界多有重新定義，根據不同流派則有不同說法）。

其他轉注的用法也包含字形分化，如快樂和音樂的樂字，雖然字形相同，兩者有著相似卻不同的意思（按：《說文解字》中將樂字分類為會意字。本義是音樂，後因聽音樂使人愉悅，而引申為快樂。在日本漢字學中，認為此字為會意，兼具形聲與轉注功能）。

也就是說，讀音的轉用稱為假借，意義的轉用稱為轉注。其實，還有一種是字形的轉用。舉例來說，夲（按：音同滔）的字形與本相近，所以也會當成本使用；或者是強調人體腹部的身（）也會當成身體、妊娠等意思使用。

《說文解字》等東漢時期的文字學流派，稱象形、指事、會意、形聲、假借與轉注為六書。不過，字形的轉用不屬於其中任何一種法則，所以本書將其稱為「借形」。

▲象、嬰、云、六、糸（玄）、身的甲骨文字形。

3 部首怎麼分類？

如前所述，《說文解字》是最早以部首分類文字的文獻，共納入五百四十個部首。這本書在編排時，首重文字的結構。

東漢許慎是古籍研究學家，他所處的時代，學術界大致分成兩個派系：一是重視以篆書或古字體所寫史料的古文經學派，另一派則是尊習以新字體隸書成書、注重現行經典的今文經學派。而許慎認為，以舊史料為基礎才是正確的，因此以篆書（小篆）為核心，研究古字。

《說文解字》就是許慎的研究成果之一，書中分析超過九千個漢字。這種重視舊史料的方法，也適用現代的歷史研究，可以說是具有科學特點的方法。但是，許慎幾乎沒有運用到甲骨文與金文，所以從現在的角度來看，他的解析有不少誤解。

許慎在決定《說文解字》中大量文字的排列順序時，定義了部首，而他定義的標準為形符與「字素」（按：清儒傳統用語為「文」，臺灣文字學界亦不常用字素一詞，為使閱讀方便，本書保留作者用詞）。

字素是漢字結構中帶有意思的最小單位。舉例來說，休可以拆解成人與木，所以不是字的最小單位，而人與木無法繼續拆解，因此屬於字素。在五百四十個部首中，有半數都是字素。

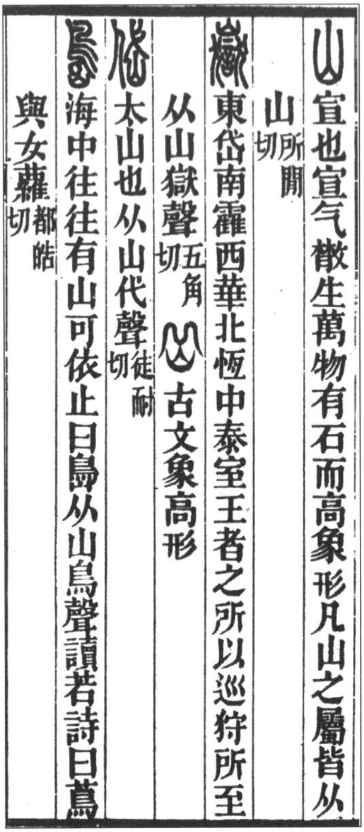
宣也宣气散生萬物有石而高象形凡山之屬皆从
山 所閒切
東岱南霍西華北恆中泰室王者之所以巡狩所至
从山獄聲 五角切 古文象高形
太山也从山代聲 徒耐切
海中往往有山可依止曰島从山鳥聲讀若詩曰蔦
與女蘿 都皓切

▲圖1-1　《說文解字》部分內文，最上方的大字是篆書，後面則是許慎所寫的結構分析與相關資訊，尾端小字則是近世加上的註解。（出處：《說文解字》〔附檢字・大徐本〕。）

此外，字素一詞是現代文字學的用語，許慎當時稱其為「文」；由複數的文（字素）組成的文字稱為合體字，而許慎稱為「字」。這也是《說文解字》這個書名的由來。

在許慎訂下的五百四十個部首中，除了字素以外，剩下五成中將近一半都是形聲字中的形符。例如，里由田與土組成，是代表村落的會意字。但是，像野字就把里當成形符使用，於是許慎將里視為部首；同樣的，在麓字中，林被當成形符使用，而林是由兩個木並排組成的會意字，代表樹木很多的地方，因此許慎將林視為部首（兩者是聲符分別為予、鹿的形聲字）。

由此可知，許慎在他的著作中，是以字素與形符決定部首，不過，整體的排列順序還未找出明確的方向。下頁圖1-2是《說文解字》中部分的部首排列（即目錄），看得出並無特定順序（依近代版本所製，按：有學者認為，《說文解字》中的文字從屬關係，是依漢儒「萬物生於一，畢終於亥」的觀點排序，並將形體相近的部首排列在一起）。

但是，整體編排還是有其縝密處，像是字素部首後方，都會陳列使用該字素的合體字，排列方式就很明確。從圖1-2來看，當作部首使用的字素日（日）後面，就是使用了該字素的旦（旦），月（月）的後方也是相關的合體字。可以看出許慎試圖將結構相似的字擺在一起，只是整體來看找不到明確的規則。

五百四十個部首，濃縮到一半

在《說文解字》之後，陸續有各式各樣的字典問世，大都沿用《說文解字》的

▲圖 1-2　《說文解字》中的部分部首排列，整體編排並無明確規則，但結構相似的字會陳列在一起。（出處：《說文解字》〔附檢字・大徐本〕。）

部首安排，但五百四十個實在太多，不易查閱（按：一說指出，《說文解字》不易查閱乃出於其目的是為解經明道，對一般讀者不友善）。

因此，近代為了提高查閱的便利性，下了許多功夫，像是將隸屬文字較少的部首彙整，或是整合字形類似的部首等。

到了明代末期，總算濃縮至沿用到現代的兩百一十四個部首，包括如今漢字（正體字）的基準《康熙字典》，也採用了這個系統。

從結果來看，這麼做導致部分文字已經無法辨別其原始結構，且《說文解字》的基礎字形是篆書，與《康熙字典》的楷書有相當大的差異，這也使得文字在區別部首時出現問題（將於第二章起個別說明）。

儘管如此，並不代表楷書的部首就完全無視字源。以《康熙字典》中的人為例，只要偏旁是亻的字都會編入人部，而水與簡略的氵則都列為水部。

楷書的部首就像這樣，在《說文解字》中視為相同部首的字，即使後代因為隸書、楷書的筆法產生分化，仍會視為相同部首。也就是說，在篆書時期尚未分化的字，在楷書時期視為相同部首。

另一方面，在《說文解字》成書時已經分化的部首，在楷書中則會視為不同的部首。舉例來說，辶是從彳分化，在篆書時字形不同，所以《說文解字》視為不同部首，因此楷書中也同樣各自獨立。

至於楷書部首的排列方式，則有筆畫數這個明確的標準。由於篆書有許多線條為曲線，或是銜接方法較為複雜，所以無法實際計算出筆畫數。

楷書的字形與筆法都經過嚴謹設計，才得以如此排序。《康熙字典》中的部首，就是從一畫的一、丨、丶，排到十七畫的龠（見第二八三頁部首索引）。

不過，《康熙字典》中相同筆畫的字，同樣並無明確的排列標準（見圖1-3）。

《說文解字》整體上看不出排列標準，但是第二層級卻

申集下 六畫	
血部	行部
衣部	襾部
酉集上 七畫	
見部	角部
言部	
酉集中 七畫	
谷部	豆部
豕部	豸部
貝部	赤部

▲圖 1-3　《康熙字典》部分目錄，依筆畫排序。（出處：《康熙字典（檢索本）》。）

有；相反的，《康熙字典》雖然整體排列以筆畫數為準，相同筆畫的字之間卻沒有標準。

如今，現代學者仍持續在部首分類下功夫。例如，日本新增了新字體特有的部首「⺍」。此外，也有字典收錄《康熙字典》中缺少、但楷書經常寫到的夫，或是將水與氵視為不同的部首。

而本書的分析對象是《康熙字典》的兩百一十四個部首，文字也會以《康熙字典》的正體字為準。

楷書如何判定部首

接下來介紹如何判定楷書的部首。其中最明確的是形聲字，部首大都是形符。當然，也有極少案例是為了方便而改採聲符為部首。

象形部首的通常很容易理解，因為每一個字都指具體事物，本身也是字素，在編列時可以直接視為部首。少數例外是文字在演變成楷書的過程中簡化，因而被歸類進其他字形相似的部首。

然而，由複數象形文字組成的會意字，以及以符號表意的指事字，往往難以從理論上選定部首。儘管有個共識是：部首通常會選擇對字義貢獻最大的部分，但這個做法也十分主觀。舉例來說，人靠在樹木上休息的休，在《說文解字》中的部首是木，在《康熙字典》中則是人。

從造字理論來看，《康熙字典》同樣也有些許歸類上的錯誤。例如，形聲字築，形符是木、聲符為筑，意思是木製的杵，《康熙字典》卻將其列在竹部。

其中，也有為了方便檢索，而將相似部首合併的情況。以形聲字旗為例，形符是象徵軍旗的象形字——㫃（㫃），聲符是其。但是，楷書中的偏旁（左側）與方字幾乎相同，所以就被歸類在方部中。除了旗之外，族、旅等字也同樣都被列入方部。順帶一提，由於㫃（㫃）的篆書筆法與方（方）相異，所以《說文解字》中將其視為不同部首。

4 時間越久遠，字義越多元

在歷史演變的過程中，某些部首也出現了意義上的擴張與轉變。

以水（氵）為例，最初是表現河川流動的象形字巛。成為部首後，主要用在與河川相關的文字上，如河、江等。後來，隨著語義擴張，只要與液體有關的概念，就會使用水部，例如油、浴等。

同樣的，心原本是代表心臟的象形文字，後來衍伸出心靈的概念，所以像悲、念等情緒或思考相關的文字，也都屬於心部。順帶一提，英語中的「Heart」也經歷過上述演變，的形狀也與西洋的愛心符號（♥）相似。

不只有水（氵）與心如此，所有部首的意思都會不斷擴張。隨著社會發展，詞彙必然不斷增加，對文字的需求也隨之成長。再加上戰國時代各種思想興起，出現許多前所未見的概念與抽象話語，而這些都勢必要用文字表現。這也是部首受到轉用，或是意思擴張的主因。

此外，有些部首因本義相似，所以曾出現字義交換的情況。像是廣的甲骨文是，形符（部首）是代表住宅的宀（），聲符則是黃（），後來部首就換成了表示大型住宅的广。

◀水、心、廣的甲骨文字形。

部首字形的歷史變化

部首的字形除了上述幾種變化以外，也可能改變其縱橫方向。

隸書與楷書中有某些部首，字形會隨著擺放位置而異，像是人與亻、刀與刂等，在左側稱為偏、右側稱為旁。

在日本文字學中，根據不同位置，還有不同名稱：上方稱為冠、下方稱為腳；框住周邊的稱為構、圍住左方與下方稱為繞，在上方與左方則稱為垂。

本書在介紹各時代的部首時，會將字形列成表格，讓人能夠一眼看出變化（見圖1-4）。

表格的縱軸是時代，橫向則互為異體字（同時代並用的字形）。第一層是商代後期的字形，主要是甲骨文；第二層是西周時期的金文；第三層則是東周（春秋戰

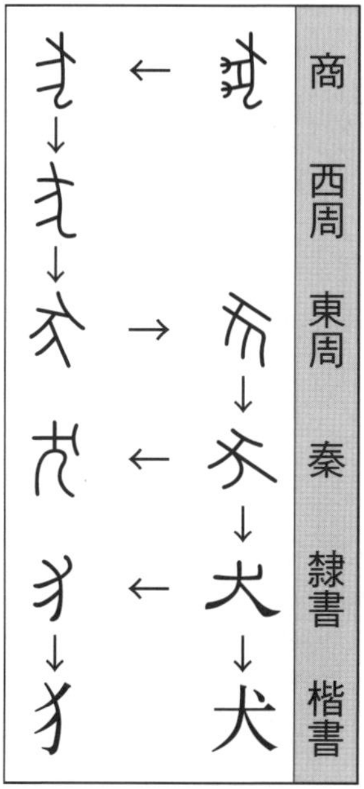

▲圖 1-4　本書呈現字形演變的形式（以犬為例）。

國時代），除了簡牘文字之外，也包括在青銅器、印鑑等器具上的文字。

第四層是秦代的字形，但並非指統一王朝時代，也包括戰國末期。因為同時代有不少簡牘文字傳承至隸書，所以某些文字的楷書不一定源自篆書。

第五層隸書源自於東漢時期的八分書碑文字形，資料不足時，也會參考三國時代與西晉的字形，最下層的楷書則使用現今的明體。

表格中的箭頭代表文字變化的歷程，若同樣的字形橫跨多個時代，就會使用等號表示。如果找不到該時代資料，則會使用箭頭跳過。

部首的誕生

甲骨文的部首與排列

歷史上最早運用部首概念的，就是先前提到的《說文解字》。不過，若往前追溯千年檢視甲骨文，也能發現類似的概念。

甲骨文約有五千個（異體字經過整理後，字種約兩千個），雖然造字如繪圖般自由，字素卻並沒有因此毫無限制的增加，反而是使用有限的字素組成會意字。

雖然依定義與分類方法而異，但甲骨文的字素基本上僅約兩百個。

人類的記憶能力與認知能力有限，沒辦法記住多達數千種不同形狀的字素；另一方面，漢字本身具有表現意義的功能，所以需要大量文字才能表達所有組合，沒辦法像拉丁字母將字素控制在數十個以內。兩百個左右的字素對當時來說，已經是相當有效率的數字。

由於甲骨文的形聲字很少，不適合用形符分類部首，因此，甲骨文的索引與辭典都是以字素為部首。

世界上首部甲骨文索引，是日本於一九六七年製作的《殷墟卜辭綜類》。作者島邦男從甲骨文的字素中，選擇一百六十四個常用字作為部首（見圖1-5），並依字源（文字的根源）整理，始於表現人體的字素，後續則是自然、動植物等。

這個方法對甲骨文字研究者來說非常方便，因此，後來中國也採用相同的方式製作索引與辭典。

我在二〇一六年時，編撰日本第一本甲骨文辭典《甲骨文字辭典》，但是，由於常用字素與罕用字素出現的頻

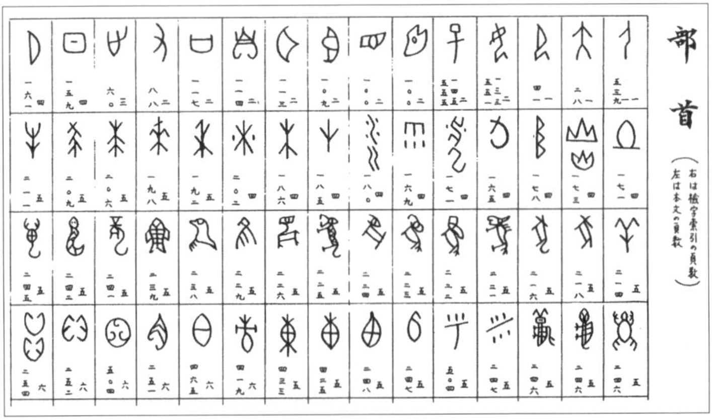

▲圖 1-5　《殷墟卜辭綜類》部分目錄，依字源排序。（出處：《殷墟卜辭綜類》。）

率差距極大，即使依字源排序，在查閱上仍深感不便。

因此，即使是派生形（按：從其他字衍生而來）、指事字或會意字，只要能夠與其他文字組合，我都會設定為「副部首」，並分類在各字素中（見圖1-6）。

舉例來說，人（亻）的副部首就有代表彎腰人形的勹（九）或腹部隆起者人形的身（身）。副部首的概念在這之前並不明確，儘管《殷墟卜辭綜類》在部分部首

▲圖1-6　《甲骨文字辭典》部分目錄，依字源排序。同編號中，第二個字起為副部首。（出處：《甲骨文字辭典》。）

採用了這個概念，但直到《甲骨文字辭典》時，才完善了副部首的規則。

製作《甲骨文字辭典》時，我最重視如何編排才易於查閱，而副部首的設定除了提高查閱便利性之外，細部排列也繼承了《說文解字》的形式（見圖1-7）。

	部首選定	整體排列	細部排列
《說文解字》	字素、形符	無	字素→合體字
《康熙字典》	查閱便利性	依筆畫	無
《殷墟卜辭綜類》	字素	依字源	並不明確
《甲骨文字辭典》	字素、查閱方便性	依字源	字素→合體字

▲圖 1-7　四部字典的部首選定與排列規則。

第二章

源自生產活動的部首

許多漢字部首都源自於動、植物，這與古代生產活動有關。由於語言誕生自人類的生活，所以文字的部首也與生活息息相關。

中國新石器時代初期（西元前六千年左右）起，農耕與畜牧盛行，到了商代與西周是主要產業。與農耕有關的部首如禾，與畜牧有關的則有牛、羊等，木與竹則是建築或日用品的材料。

也有來自野生動物的部首，像是鹿、龜等。但相較於以家畜為部首的文字，野生動物較少。這反映出新石器時代，狩獵在生產活動中的比重已經變得相當低。

另外，也有僅取動植物的一部分為部首的情況，像是穀物的米、代表鳥類羽毛的羽等。

本章要介紹的，就是這類與動植物有關的部首。

•犬（犭）—從狗到野獸

「犬」是源自於狗的文字，商代的就如實表現出狗的模樣，上方是嘴巴張開

的頭部、下方則有彎起的尾巴。因為是直書，帶有爪子的腳在左邊。

然而，如此細節的表現方式在書寫或雕刻時相當費工，所以商代同時也使用了省略部分身體與爪子的字形（犬）。簡化過的字形也流傳至後世，演變為西周的犬與東周的犬。秦代的簡牘文字為犬，篆書則寫成犬。後來，隸書繼承秦代的字形而寫成犬，最後才形成楷書的犬。

一般認為，楷書犬右上的點代表狗的耳朵，但是往前追溯即可發現，這個點代表的不是耳朵，而是上顎（犬裡向上的短線，而非朝右的短線）。秦代的犬還保有耳朵，是在隸書中才省略掉。

此外，犬在偏旁時會寫成犭，這樣的寫法源自於隸書的犬，將犬寫成縱長形就變成了犭。由於這是上顎與身體拆開之前的狀態，所以比犬少了一畫。

後來，犬（犭）成為部首後，就不再只有狗這個意思，而是廣泛運用在所有與動物（陸地上的哺乳類）有關的文字，例如猿（聲符為袁的形聲字），因此，犭又稱為「獸字旁」。另一方面，像是狂與狀，就保有狗的本義。狂字的形符是犬、聲符是王（嚴格來說是往的省聲），最初是狂犬的意思，後來才引伸為一般認知的瘋狂。狀字則是形符為犬、聲符為爿（按：音同牆）的形聲字，本義為狗的模樣，進而演變為形狀。

如前所述，犬兼具本義——狗——與所有動物，因此，代表所有動物的「獸」正是犬部。商代使用的狩獵工具是「單」（，按：裝飾羽毛或兩側對稱的器物）與狩獵犬，經過簡化並與的犬組合後，就變成，原本指狩獵。後來，新的字義比本義更加普及，所以才有了野獸的用法。從字形來看，楷書獸中的嘼，就是從單字變形而來。

◀單、獸的甲骨文字形。

• 牛與羊——為什麼犧牲是牛部

最古老的家畜是先前提到的狗，從舊石器時代開始就有人飼養。進入新石器時代後，除了狗以外，又增加了食用家畜——牛、羊、豬、雞等。

其中生產效率最高的是豬與雞，因為兩者均為雜食性動物，多產且成長速度快。單純從生產糧食的角度來看，豬與雞最適合養殖。

但是，古代王朝卻更重視牛、羊。牛與羊都是草食性動物，所以飼料有限，不僅產量少，成長速度也慢，因此被視為稀有食材。當時的王公貴族在祭祀神明或祖先時，就會以牛、羊為犧牲品（祭品），藉此彰顯自身財力及政治權力。

這就是犧與牲二字的部首是牛（牜）的原因（兩者分別是聲符為義、生的形聲

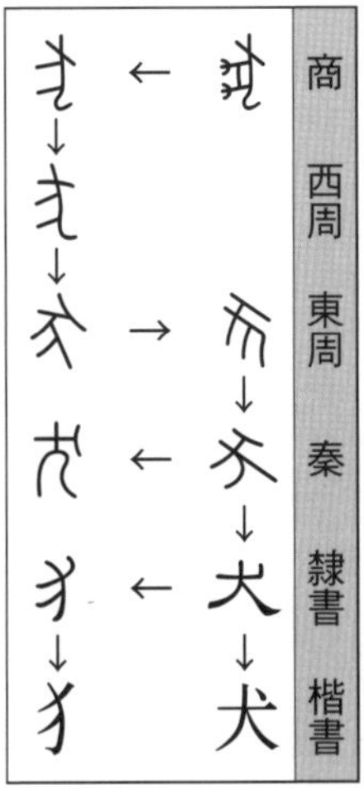

▲犬的字形演變。

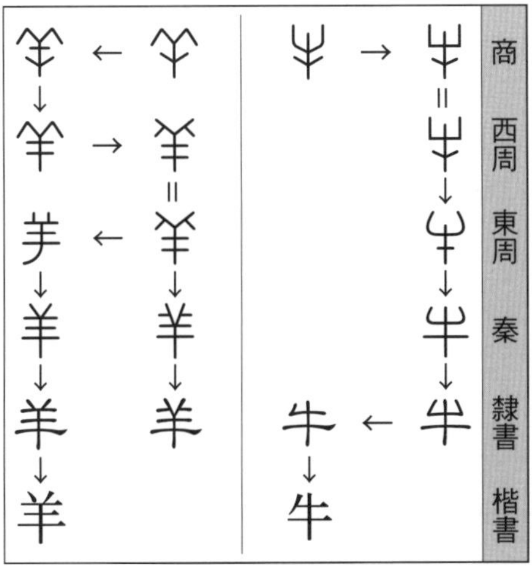

▲牛與羊的字形演變。

字）。此外，義字是形符為羊、聲符為我的形聲字，最初指祭祀儀式。後來，因為獻上羊隻才是正確的禮儀，而衍生出正義這個詞彙。

特字的本義是特別大隻的牛，後來才普遍用在特別的意思上。而群字從字面上就可看出代表羊群，後來才泛指所有的群體。

字形方面，商代用𠂹表現牛的頭部，左右朝上的突起是牛角，較短的斜線應該是耳朵，其他部位則簡化成一條直線。後來，代表耳朵的斜線變成橫線，隸書時又出現異體字⺧，省略了一邊的牛角，到楷書就變成牛。此外，作偏旁使用時，則會稍微變形，寫成牜。

羊在商代時的標準字形是𦍌，與牛字形相似，但羊角比牛角更彎，異體字𦍋則是多了一根區隔羊角與其他部位的橫線。到了西周，羊角拆成兩個筆畫，變成𦍒；東周則簡化了一部分的羊角形成⺷，兩者一路並行至隸書時代，直到楷書才統一。羊作為偏旁使用時會變形成𦍌。

・馬——容易驚嚇而引發騷動的動物

馬是家畜中較晚開始畜養的一種，當時還沒有騎馬的技術（一說為當時尚未有改良品種），所以會由兩匹馬一起拉車。

馬車平時是王公貴族專用，象徵權力，戰時則成為戰車。驅字的部首之所以是馬，就是因為本義是讓馬車跑起來；同理可證，駐的意思是讓馬車停下。戰車的優勢非常強大，能夠在戰鬥時迅速移動、轉向，同時讓戰車上的士兵放箭，所以一直到春秋時代都是軍隊的主要戰力。到了戰國時代，主要戰力成了徵兵而來的農民，並從北方民族引進騎兵技術，使戰車慢慢退出戰場。

以馬為部首的文字，在騎馬技術普及後開始大量出現。例如騎，就如字面意思一樣代表騎乘在馬上；驛是用馬匹傳令時，中途更換馬匹的場所或中繼站，因此以馬為部首。

驚與騷的本義是馬匹受驚或騷動，反映出馬匹警戒心強的性質，後來才普遍用於驚嚇、騷亂等。而馱原本指馱馬（運輸貨物的馬），在日本，現今則有派不上用場、無趣等意思（按：如馱目、無馱，馱為馱的異體字）。

歷史上有句成語「南船北馬」，是因為華北地區（按：地理上指中國秦嶺—淮河線以北、長城以南的區域）的草原面積較廣，騎馬效率更高，所以部首是馬的文字特別多，南方則以舟或水為部首的文字居多。

至於字形方面，商代的上方為頭部、下方是尾巴，鬃毛與尾巴的毛分別簡化成三根，因為漢字習慣用數字三表示龐大的數量。

同時期的異體字則是身體部分經過簡化的，流傳到西周則是，異體字和篆書的皆源於此。秦代簡牘文字將下方的線條拆開，寫作。

馬的字形變化很大，但是楷書的右上方仍保有三根鬃毛；下方的四點中，左邊兩個是馬腿，右邊兩個與右下彎曲的筆畫，則簡化自尾巴的三根毛。

• 鳥與隹——雇與離，也是鳥的名稱

鳥的甲骨文比其他文字更像圖案，看起來是鳥將翅膀收起的靜止模樣。

另一個依鳥外形所創造的部首是隹，隹在商代甲骨文呈，就像一隻鳥回頭看的樣子。

《說文解字》中將鳥解釋為長尾鳥、隹則是短尾鳥，但是根據實際的古代資料發現，兩者用法並無區別，最初本為一字，後者單純是簡化前者，兩者都可以用於任何鳥類。

◀馬的字形演變。

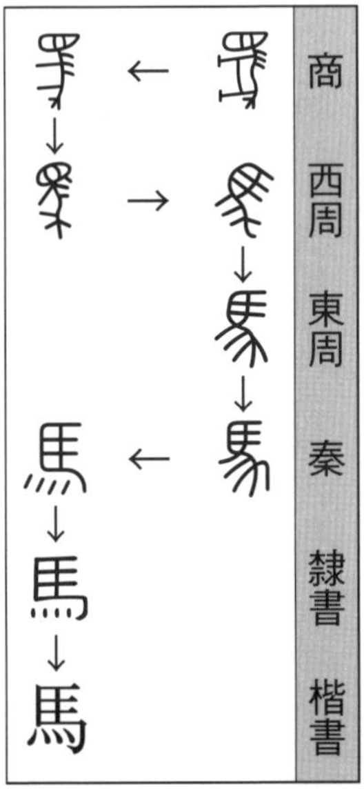

◀鳥與隹的字形演變。

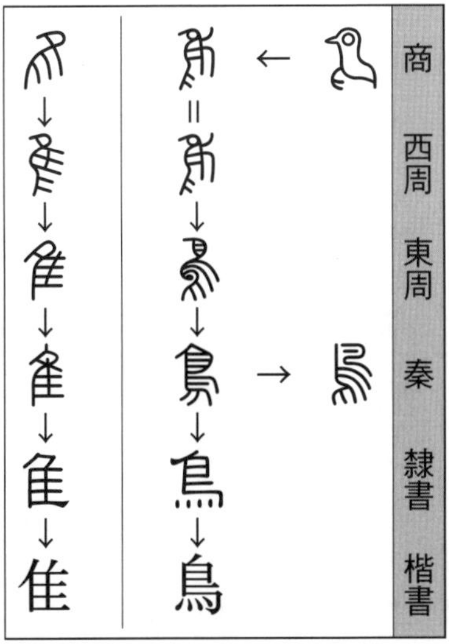

因此，鳥與隹從一開始，就作為鳥類相關文字的部首廣泛使用。例如鳴，是鳥在鳴叫，集則是代表隹（鳥）聚集在樹木上。

雇乍看是戶部，實際上卻是隹，戶其實是聲符，原本是鳥名（一種鵪鶉），後來透過假借，增加了僱用的意思；同樣的，離是部首為隹、聲符為离的形聲字，原本也是鳥名（樹鶯），後來假借為離開。

由於鳥與隹的起源相近，所以有時能通用，例如「鷄」是形符為鳥、聲符為奚的形聲字，異體字雞就是用隹代替了鳥（按：在臺灣，正體字為「雞」）。

鳥在商代時的字形是，後人持續沿用，途中雖一度演變成更接近隹的字形，然而在東周卻變成更複雜的，形狀出現分歧；在秦代，除了有喙的，還有被認為是篆書的，只是後來傳至後代的是前者。楷書鳥的第一個筆畫就是代表鳥嘴，形狀像日的部分則是頭部。

由於隹本來就是經過簡化的文字，所以一直到篆書的之前，都沒有明顯的變化，直到隸書與楷書調整了頭部。其中，隹的第一撇就是鳥嘴，第三畫則是鳥頭的一部分。

以舊為例，舊原本的部首萑（聲符是臼），指有冠羽（頭部羽毛明顯）的鳥，後來才引申為老舊。也就是說，舊最初也是鳥的名稱（一種貓頭鷹）。

•魚——鮮，是散發腥味的魚

「魚」在商代多使用這樣的字形，上方為魚頭、左右是背鰭與腹鰭，下方則是尾鰭，中央格狀處代表魚鱗。並不指特殊魚種，而是泛指所有魚。

這個部首多半用在魚名或部位上，包括鮫、鯉、鰻等，分別是聲符為交、里、曼的形聲字；鱗、鰭、鰓等魚身上的部位，聲符則分別是粦、耆、思。還有如鯨、鰐、鰕這類非魚的水棲生物，聲符分別是京、咢、叚。

在和製漢字（日本創造的漢字）中，不少文字也以魚部為部首，包括鰯、鱚、鱈等。這是由於古代中國的主要蛋白質來源是家畜，而日本則以海鮮、水產為主。

至於鮮字，現在大都指食物新鮮，但根據考察，鮮的本義是腥味，是由容易散發腥味的魚，和同樣擁有特殊騷味的羊所組成的會意字。

鮮的異體字包括羴與鱻，分別使用三個羊字與三個魚字組合而成，表現出肉很多的感覺。另外一個異體字則是羶，形符為羊、聲符為亶。

字形方面，商代的魚也有異體字，是描繪得十分詳細的，一眼可以看出右側是背鰭。後來，西周調整了頭部與尾鰭，變成了；東周時，尾鰭則近似火（），變成了。不過，火是表現火焰燃燒的象形字（見第五章），結構上有所不同。

秦代時，的上方改成像角（）一樣的形狀；隸書時期則把下方的火改成異體字灬，像角的部分也變形，寫成魚。最終，楷書繼承隸書的寫法，這個過程可以說是經歷了相當多次變化。

從字形的歷史來看，魚上方的ク代表魚的頭部，田是有鱗的身體，灬則是尾鰭的變形，左右的鰭則在秦代時就已經消失。

•虫——虹，曾是雙頭蛇神

「虫」在商代時的形狀是，形似從上方俯視蛇。上方的圓形是頭部，曲線

則代表長長的身體。

虫字原本指毒蛇，也因此，初期都用在與蛇有關的文字，東周起才開始用於哺乳類、鳥類、魚類以外的動物名，例如爬蟲類的蜥、兩棲類的蛙、昆蟲虻和貝類的蛤等，可以從形形色色的生物名稱中看見虫的蹤跡。

▲魚的字形演變。

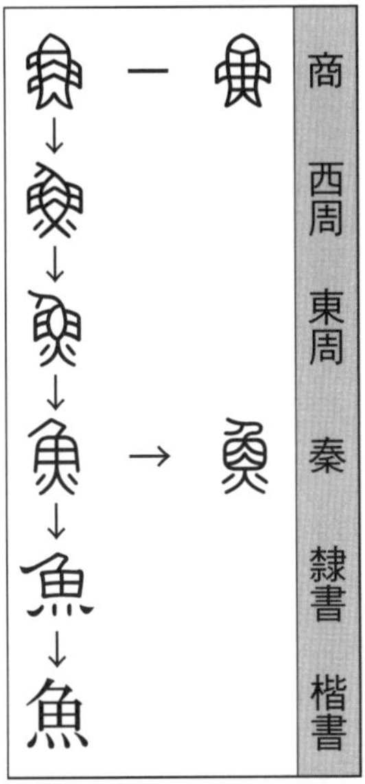

▲虫的字形演變。

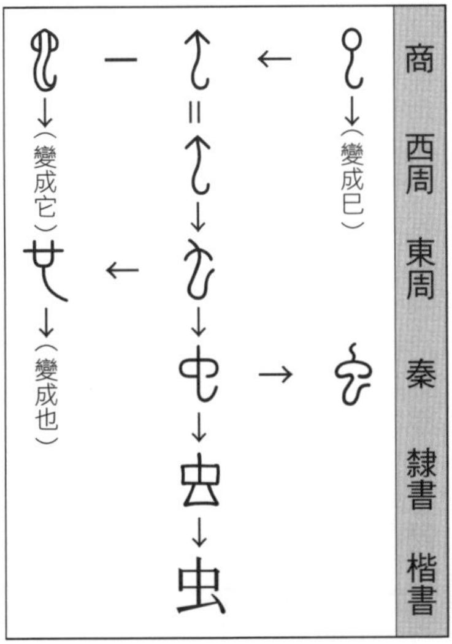

▲虹、蟲的甲骨文字形。

其中較特殊的是「虹」。商代視虹為自然神明之一，寫作。目前推測，虹指雙頭蛇神，字形表現出如彩虹般閃耀的蛇鱗。當時還有並行的異體字，是以虫（）為形符、工（）為聲符的形聲字，流傳至後世的就是這個版本（但在楷書中偏旁位置相反）。

商代用來表現蛇的象形文字除了以外，還有、等。其中，前者在秦代簡牘文字寫作，最終於楷書變成虫。後者則是篆書字形，但後來並未保留這樣的寫法。

而原先強調頭部的，後來演變成巳，同樣也可以輕易看出頭部與身體的關係；最後變成它；東周時的異體字，則發展成也。

蛇是形符為虫、聲符為它的形聲字，而聲符的它又兼具蛇的意涵，也就是第一章曾介紹的亦聲。

另一方面，用來表示昆蟲的蟲，由三個虫組成，在商代時寫作或。當時，為了強調微小的身形和數量，會以多個相同的字並排呈現，指蚯蚓或蛆這類生物。隨著昆蟲的概念逐漸普及，蟲字的含意才開始包含各類昆蟲。

•貝——古代的昂貴貨幣

「貝」與鳥、魚等泛指整個種類的文字不同，其象形文字是參照了寶螺的外形，而商代的字形正是與實物相近的（見下頁圖2-1）。

商代將寶螺視為貴重物品，商王透過交易從南方取得寶螺後，會賞賜給地方領主與功臣。商代遺跡的墓地中，經常可以看見遺體口含寶螺。

順帶一提，將寶螺視為貴重物品的文化，並不僅限於古代中國，在雲南地區與中亞也同樣存在。甚至在大洋洲的巴布亞紐幾內亞（Papua New Guinea），部分地區都還將寶螺作為流通貨幣。

貝字在後代成為所有貝類的通稱，但在這之前，它主要用於表示財物、贈與、商業、貧富等相關概念的文字。因此，在部首為貝的漢字中，專指貝類生物的字其實非常稀少。

舉例來說，財貨一詞中，這兩個字的本義都代表寶物，後來才泛指所有昂貴的物品；貴與買則是會意字，貴在當時寫成雙手拿取寶螺的，買則源於用網子

（⊠）打撈寶螺的［買］。其他如貸、購、販、贈等，也都是以貝為形符的形聲字。

而字義已經改變的字，如聲符為加的「賀」，本義是藉由贈禮祝福對方，後來也用來指一般的祝福或喜悅；聲符為臤（按：音同千）的「賢」，本是品質優良的寶螺，後逐漸轉變成聰明、優秀等意。

字形方面，商代與西周也存在異體字，最後在東周統一成貝。從結果來看，此時已看不出寶螺獨有的特徵，所以，或

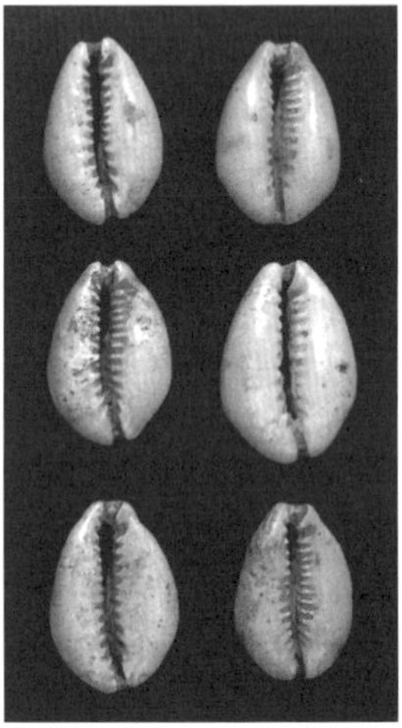

▲圖2-1　寶螺貝殼，其特徵為鋸齒狀的殼緣。（出處：《神祕的王國【郡國王墓】展》。）

▲貝的字形演變。

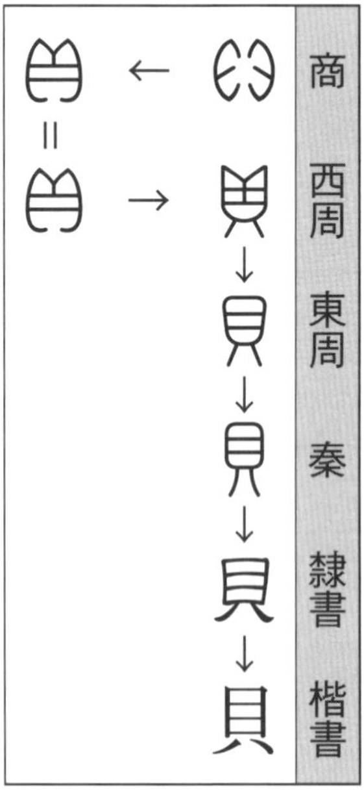

▲貴、買的甲骨文字形。

許在這個時代，貝字就已經泛指所有貝類，並一路沿用至楷書。

•羽與飛——飛，是羽毛還是翅膀？

「羽」在商代時，是由兩根羽毛組成的羽。儘管曾被曾誤解為翅膀的形狀，但是仔細觀察字形即可發現，這是羽毛而非翅膀。舉例來說，商代的雪寫作䨮，指彷彿羽毛從天空降下。

到了東周，線條的方向與數量都產生變化，出現了彐彐或彐彐等異體字，而隸書（羽）繼承前者，並在中世紀的楷書形成羽。

在《康熙字典》中，或許是考量到篆書的字形（羽），所以調整短線的方向，視羽為正體字。然而，在更古老的唐代，則是把羽的線條寫成兩個截然不同的方向。也就是說，如今被視為正體字的羽，歷史反而比較悠久。

以羽為部首的文字，通常與鳥或飛行有關。例如翔，其中的羊（羊）乍看是形符，實際上卻是聲符。

以羽為形符的形聲字原本就具有飛翔的意思，後來有了在地面上奔馳之意。例如翻，聲符為番，本義也是飛翔，後來才衍生出翻轉。

其實，最初代表翅膀的文字在商代寫作。但這個字形後來消失，羽字才被誤解為翅膀。因此，後人創造形符為羽、聲符為異的形聲字翼來區別兩者。

由於羽曾被誤認為翅膀，所以也衍生出飛字。這是東周時期的造字，最初的寫法是。這裡將羽字顛倒，以表現鳥的翅膀與冠羽，藉此呈現鳥飛行的模樣。

▶羽與飛的字形演變。

▶雪、翼的甲骨文字形。

楷書中的飛字右上（冠羽）與右下（右邊翅膀）近似上下顛倒的羽，左下（左邊翅膀）則較接近羽。

此外《康熙字典》中也將飛視為部首，然而以此為部首的文字非常少。

•肉（月）——從祭肉到肉體

「肉」的象形文字是切過的祭品肉，在商代寫作。根據當時的文獻得知，這種肉主要是在祭祀時獻給神明。

在這之後，字中的線條逐漸增加，結果使肉（、）與月（、）益發相似。到了楷書，有時肉在偏旁甚至會寫成月。不過，隸書在有足夠空間時，就會寫成易於分辨的肉。

在楷書中，當寫在偏（左側）的位置，通常指肉，擺在旁（右側）則多半為月（如期、朗等），不過還是有例外，所以沒辦法光憑位置就做出確實的判斷。

肉（月）最初專指祭祀用的肉，後來才廣泛運用在所有食用肉上，例如脂、膳等形聲字。

此外，肉也用來表示人類的身體部位，如胴、膝、腳、脇等，表達內臟的文字則有腸、肝、膽、肺等。其中，肺的聲符不是市，而是巿（按：古代一種繫於腰間，遮於官服或禮服下裳前的服飾。音同福）。

至於腰，要的原形是強調女性的腰部，後來假借為要求、要點等意思，而添加月字旁創造出腰字。臟用藏表示藏在體內的臟器。

醫學用語中也有類似的範例，像聲符為彭、重的膨與腫；腺則是和製漢字，指分泌液體的器官，泉是聲符的同時也帶有分泌液體的意思，屬於亦聲結構。

而胞原本指包裹住胎兒的胞衣（胎盤），後來衍生出「同胞」，以及生物學中的細胞等意（聲符包是兼具意思的亦聲）。

較為特殊的字之一，有聲符為小的肖，原指體型相似，後衍生為肖像，也就是模仿人類外表的畫像，以及形容長得不像父母的不肖（按：從消、宵、霄、屑等字來看，部分學者謂肖字乃取「月光消滅」之意，即月光每天消減或增加，而非從肉字）。

•木——橫與極，都是木材

「木」的原形是木，代表豎立的木頭。上方三根短線是樹枝，下方則是根。秦代簡牘文字將樹枝改成橫線，出現了木形，楷書的木便是源於此脈絡。寫作偏旁時，會稍微變形成木，通常用來表現樹木的狀態。

「本」是以記號（第五畫的橫線）指出樹根一帶，線條在上方的「末」（第一畫的長橫線），則是強調樹木末端（樹梢），兩者均為指事字。此外，木字也用於

▼肉的字形演變。

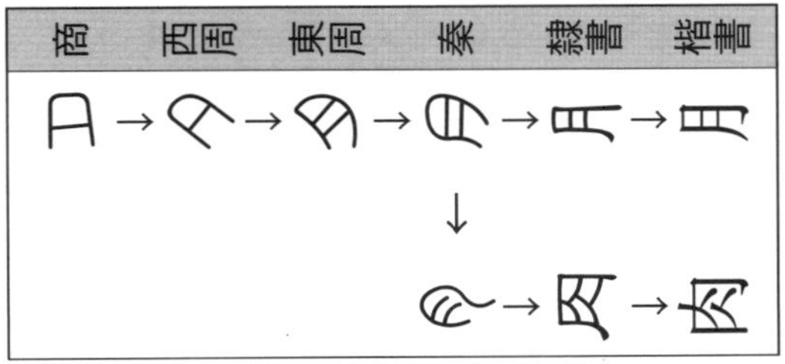

▼木的字形演變。

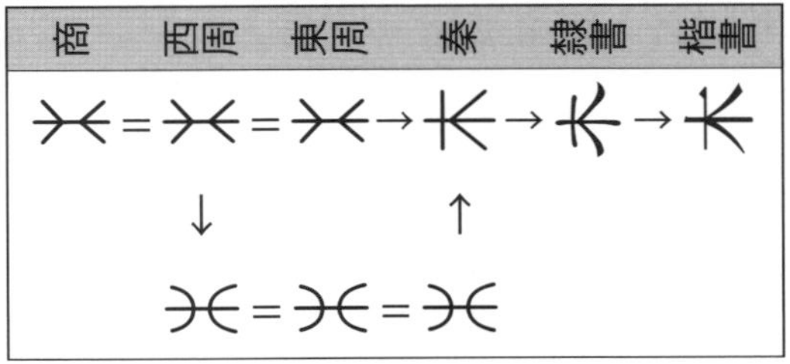

各種樹木，如松、梅、柿、梨等形聲字，聲符分別為公、每、市、利。

樹木是人類社會不可或缺的材料，除了可以用作建築，還可以當作日用品的原料，或烹飪時的燃料。因此，木字早在很久以前就有木材的意思，這些字反映出當時的風俗民情，如板、柱、橋、枕等。

其中，有很多文字的意思會隨著引申義或假借改變，如前言提到的橫，本義是橫向卡住門的木製門閂，引申為橫向，並逐漸普及。

另外，極字原本指棟木（屋頂橫梁），但由於屋頂就是建築物的頂端，亟本身有極端的含意；檢本指將竹簡捆好後，夾束竹簡的木條，因此使用了「木」這個形符，後來因假借而出現了查詢的意思。

其實，在甲骨文時期，作為部首出現的還有林（），例如柏（）、椎（）。然而，林部的字後來逐漸簡化為木。

但也並非所有部首為林的文字都直接改成木，楷書裡還是有麓、楚等含有林字形的文字（按：麓為鹿部）。林在《說文解字》中歸類為部首，而《康熙字典》為求方便，將其列在木部之下。

• 禾——看起來有木，意思卻無關

雖然「禾」的字形就像一撇加上木組成，但兩者實際上沒有直接關係。禾在商代的字形是，與木（）非常相似，下方同樣有三根短線。但是，上方的兩根短線代表的是穀物的葉片，長曲線則是穀穗垂下的模樣。後來，禾與木變化的歷程相似，所以在楷書時變成了禾的形狀，寫在偏旁時也同樣會稍微變形為。楷書中的第一畫（上方的撇）代表穀穗，第二畫（橫筆）則是穀物的葉片。

據說，禾字的來源是小米或稻，並從商代開始用以統稱穀物，因此，禾作為部首使用時，通常都與穀物有關。

生產穀物對古代社會來說，是生活必需，所以部首為禾的文字非常多。其中，最具代表性的有稻、穀、種、穗等。

由於古代徵收的稅包含家中積累的穀物，所以「稅」與「積」同樣使用禾為部首。這兩個字的聲符分別是兌、責，而部首為貝的責，本義是聚集貴重物品，所以屬於亦聲。

許多禾部文字的字義，如今都已經改變，例如：「移」原本是穀穗隨風搖曳的模樣，後來移轉、移動等意思反而較為普遍；「秒」本來指穗端的細毛（芒），後來卻因緣際會成為時間單位（按：因秒本義有極微小之意，引進西方度量衡時，便將當時最小的時間單位翻譯為秒）。

又例如「稱」，原指拿起幾束穀物的動作，後來衍生出讚賞或稱呼等意；「稚」本指晚熟的穀物，後來轉而泛指所有成長速度比同類還慢的生物，所以有幼小、幼稚等意思；「稼」原指種植與收穫，在現代日文，則用在表達賺錢和工作。

此外，屬於穀物的麥與黍，卻不屬於禾部，兩者都是由複數象形文字組成的獨立部首，將在第六章說明。

• 屮與艹（艸）——苦味是種痛苦

雖然楷書以屮（按：音同撤）為部首的字非常少，但它也是基本字形之一，在商代寫作𠂹，是草的象形字。上方三條短線代表葉片，直線代表莖。

現今楷書中與草有關的文字，多半使用艹（艸）這個部首，這在商代寫作「ΨΨ」，代表長了許多草。屮與艹（艸）在商代同為與草有關的部首，到了西周才統一使用後者。

字形方面，商代的Ψ與楷書之間並無太大變化。不過，有一個文字「𠂇」與屮形狀相似，源自於左手的象形（𠂇），同時也是「左」的初文。

楷書艸同樣與原本字形的變化不大，商代時還出現了經過簡化的異體字艹（艹）。

艹（艹）部主要用在與草有關的文字，像是花、葉、莖等；也有許多不屬

◀禾的字形演變。

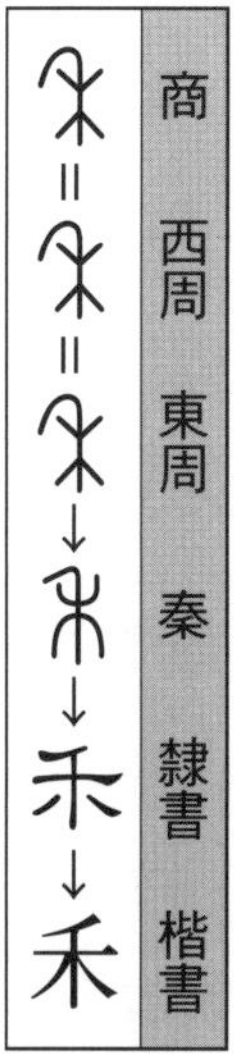

◀屮與艹的字形演變。

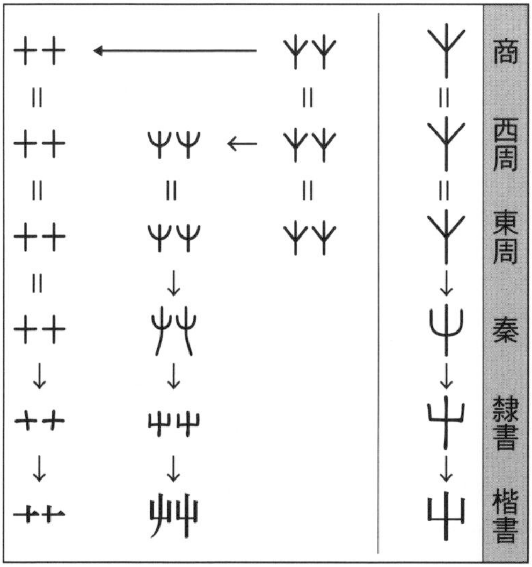

於樹木的植物會使用這個部首，例如菊、菜、芝、苔等形聲字。

其他也有意思已經改變的文字，例如：「苦」原本指帶有苦味的植物，後來泛指所有苦味，甚至進一步衍生出痛苦的意思；「莊」本指草叢生長茂密，後來引申出莊嚴、別墅（如山莊）等意。

此外，以央為聲符的英，本義為花房（開成一團的花），而後引申為美麗，也進一步產生優秀的意思。

•竹（⺮）——笛與箱，均為竹製品

「竹」主要用在與竹子有關或竹製品的文字，且通常擺在文字上方，以⺮的型態呈現。

舉例來說，「節」最初代表竹節，後來引申為區隔、區間，並進一步衍生出節約、節制等意。另外，笛與箱原本是竹製的，後來都不再拘泥於材質，泛稱所有笛子與箱子。

大多數以竹為部首的字，其意思已經大幅拓展至更廣的範圍，由此即可感受到，過去的生活有多麼仰賴竹製品。

古代大量使用竹簡（竹片）當文書載體，所以與竹簡有關的文字也非常多。簡原本指（單片）竹簡，由於竹簡成本比金文、碑文等還要便宜，所以後來就衍生出簡約、簡單等意思：「等」的本義指物品的長度與竹簡一致，後來拓展成「等於」的意思。

字形上，商代基本字形由兩根竹枝組成，可以看出垂下的竹枝上有葉片。竹還有個異體字，是樹枝分離的，並傳至後世。東周時曾出現稍微變形的，後來成為楷書中的竹。

隸書出現以前，簡化過的竹字，與艹非常相像。可能正因為如此，且兩者都指植物，所以偶爾會有混用的狀況。

艹在隸書時脫離竹，獨立成一個字，但意思不變。後來，唐代為了避免混淆，強制改回原本的竹（⺮）。

其他受到混用影響的文字，如從箸獨立出來的異體字著。箸原指竹製筷子，著則是隸書時期創造的異體字，並以艹取代了竹。在假借的用法下，著在日本衍生出到達、穿之意（按：日文中使用異體字「着」），後來又出現問世、撰寫（如著名、著作）等意。

•米——是食材也是粉底

「米」現今專指稻穀的果實，不過它原本泛指所有穀物的果實。但是，米也與竹一樣，許多字的意思產生了變化。

自從新石器時代開始農耕生活後，穀物就成為不可或缺的糧食，而越多人使用的字，越容易產生其他意義。

粘（黏的異體字）原指黏性強的穀物，後來用以廣泛形容東西黏稠；粹是去除雜質的穀物果實，後來引申為純粹。

精本指精製穀物（按：加工後去除其外層部位），後來轉指優秀（如精銳）、細緻（如精密），並發展至心理層面（如精神）；未精製過的穀物果實則稱為粗，後來轉指不精緻（如粗糙）。

以量為聲符的糧，原本指可食用的穀物，後來才泛指所有食糧；粒最初指穀物的顆粒，後來普遍指所有小型的粒狀物。

比較罕見的用法中，例如古時會將穀物磨成粉，當作化妝品使用，所以粉字從磨碎的穀物轉變成白粉（按：白色的化妝粉，由米、麥等穀物或大理石磨成。現今戲曲演員、歌舞伎演員及藝妓等仍會使用）。聲符分字是本義有細分之意的亦聲。

字形方面，商代米中的橫線代表穀穗，小點則是穀穗上的果實，當時

▲竹的字形演變。

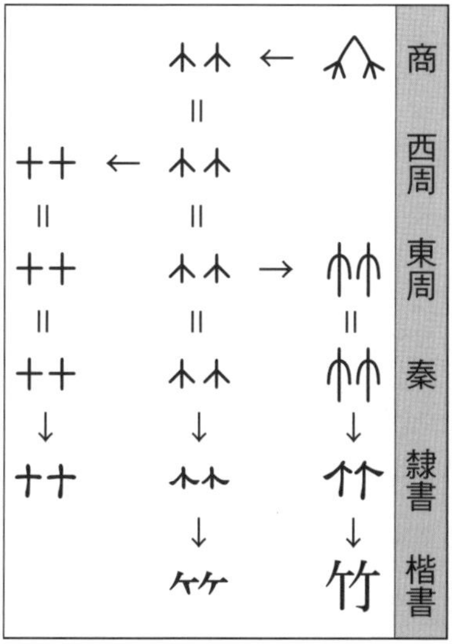

▲米的字形演變。

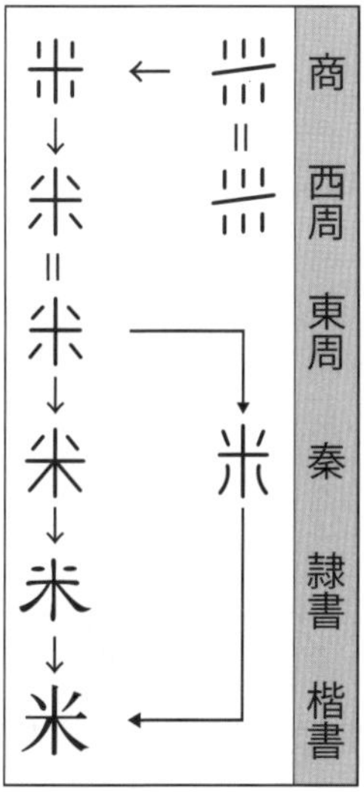

還有將中央小點連接起來的異體字米。兩者均流傳至西周，但東周時僅保留後者。

秦代簡牘文字是下方小點較長的米，隸書繼承這種寫法，形成了米。楷書米字上方小點的方向與隸書不同，據傳是受到秦代篆書米的影響。此外，米作為偏旁時，會微微變形成米。

部首的誕生

其他以動植物打造的部首

除了本章前述介紹的部首之外，還有其他源自於動、植物的部首。

• **豕**：豬的象形，甲骨文表現出豬肥胖的身體，後來卻少了這個特徵。自西周的開始，後腳從一隻變成了兩隻，但文字學家仍未查明原因（或許是為了表示豬蹄）。豕作為部首時，主要用在與家豬、野豬有關的文字，如今並不常見。

豚原本代表肉特別多的家豬，現在則泛指所有的豬。

象（）的結構源於大象的外形，與豕完全沒有關係，所以《說文解字》中將其視為獨立的部首。然而自篆書（）起，由於其字形下方與豕（）非常相似，所以《康熙字典》將其列在豕部首中。

• **鹿**：鹿作為部首時用在與鹿相關的文字，但是現代生活中不多見。商代

□的上方是分岔的鹿角與大眼睛，下方則是有蹄的腿部。楷書的鹿字繼承了這些特徵，例如下方的比，就是有蹄的腿（其他部位則是鹿角與眼睛）。

•**虍**：老虎的頭部。自商代開始，原本的虎（□）就只剩下頭部（□），虍雖然有時僅作形聲字中的聲符使用，但《康熙字典》為求方便，也將這類文字編在虍部。楷書虍字最上面的兩畫代表老虎的耳朵，其他則是頭部與虎牙。

•**豸**：音同志，原本泛指所有動物。商代□中的□是動物的頭部，下方突出的兩條線分別為前、後腳，而最下方的曲線則是尾巴。作為部首造字時，主要用在動物名稱。但是，犬（見第六十八頁）的用法也相同，所以兩者經常交替使用。舉例來說，貉有異體字狢、狸的異體字則是貍（按：在臺灣教育部《異體字字典》中，狸與貍互為正異體）。

•**鼠**：商代時老鼠的象形字加上小（□）字後變成□，泛指小動物。但是，這個字形後來逐漸消失，直到東周才創造出新的字形□。

當時，臼（□）代表牙齒的形狀，意指牙齒顯眼的動物。楷書鼠字繼承這個特色，保留了上方的臼。此外，雖然隸書使用了簡化的□，乍看之下與楷書的關係不大，但本書為求方便，還是列在表中。

鼠作為部首時，會用在老鼠、與老鼠相似的動物上。不過，現代除了聲符是由的鼬之外，其他字幾乎不太常用到。

●**龜**：這個代表烏龜的文字，在商代的字形是[illegible]，可以看出是烏龜的側面——上方是頭、右側是龜殼、左側是腳、下方是短尾巴。西周至東周期間，並未出現將龜字當作部首使用的文字，且直到秦代篆書（[illegible]），才逐漸有了楷書字形龜的模樣。

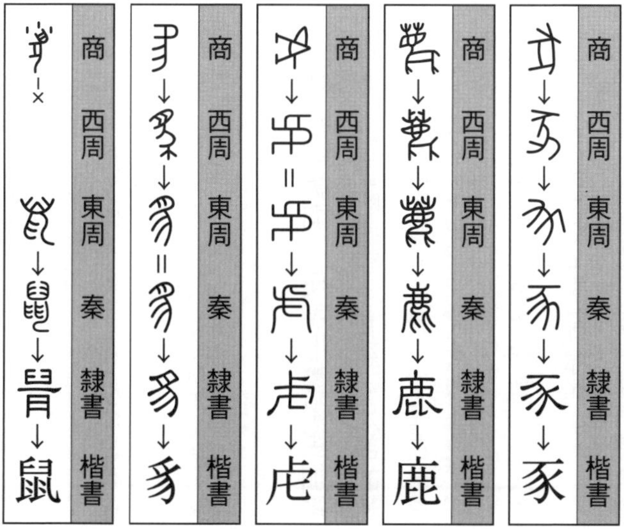

◀由右至左，依序為豕、鹿、虍、豸、鼠的字形演變。

龜字保有腳（）與龜殼（）的形狀，能夠輕易看出是源自龜的象形字，但是日本新字體亀卻同時簡化了這兩個部位。龜作為部首的文字非常少。

●**龍**：這是由人類想像出來的動物，商代時的象形文字是，看起來就像是蛇的側面（）加上冠部（），也就是神化後的蛇。

順帶一提，蛇的正面形狀則是虫（，見第七十八頁）。當時的蛇基本上都出現在水邊，所以龍也被視為主掌降雨的神獸。

後來，西周的增加了牙齒，東周的則把身體拆開，使字形變得更加複雜，其中原因可能是因為後世為龍加上足部的關係，楷書的龍字，就繼承足部的特徵。楷書中的立代表龍冠、月是有尖牙的頭部，旁邊則是複雜的身體。以龍為部首的文字同樣極少。

●**角**：源自於動物的角，舉例來說，以蜀為聲符的觸，本指用角突刺，後來才轉變成觸碰的意思。西周時的字形更強調角尖，楷書角字的上方就是角尖。

●**毛**：商代的是動物的長毛尾巴，楷書也繼承了此特徵。作為部首時，會用在與毛、毛織品有關的文字。此外，尾字在商代時，是人（）加上尾巴（）

所組成的形狀（[glyph]），有人推測是模仿人類扮成動物的模樣寫成。

•牙：牙是西周才出現的部首，藉由[glyph]表現出動物牙齒咬合的狀態。最初上下排牙齒是分開的，但是東周之後就融合在一起（[glyph]），進而演變至楷書。作為部首時用在與牙齒、咬有關的文字，但數量極少。

•革：革（[glyph]）呈現動物皮（革）被剝下的樣子，上方的廿與廿是頭部。作為部首使用時，會用在與皮革製品有關的文字，像是以包為聲符的鞄，本義是鞣製過的皮革，如今日文中多指皮革包。

◀由右至左，依序為龜、龍、角、毛、牙的字形演變。

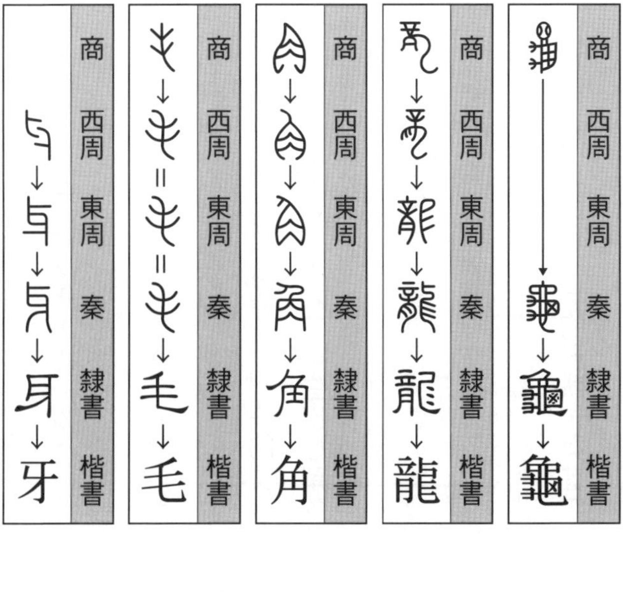

東周的[古文字形]與隸書的革都無法銜接至楷書，表中還是列入這兩個字。

此外，用來表現動物皮側面模樣的文字克（[古文字形]），將在第六章與皮（[古文字形]）一起介紹。

• **歹（歺）**：原本的形狀是[古文字形]，是從動物肩胛骨的象形字中拆解而來（將於第六章說明），代表肩胛骨斷裂。現在的字形源於在隸書時簡化過的歹。骨頭斷裂象徵死者，所以作為部首使用時，多用在與死亡或死者相關的文字上，例如：殉、殲等。此外，聲符是戔的殘字，原本指損害，後來才衍生出殘留的意思。

• **韭**：東周出現的新字形（[古文字形]），表現韭菜生長的模樣，另外也有筆畫更繁複的韮。作為部首時，用在韭菜與類似的植物上，但是這類文字數量很少。

• **瓜**：指植物在藤蔓上結瓜的模樣，商代的字形是[古文字形]，線條代表藤蔓、小點代表果實。但是，西周（[古文字形]）時將藤蔓畫成人的模樣，變成匕（[古文字形]）的形狀，與其字源完全不同。

而東周時也有不同文字脈絡的[古文字形]，雖然字形中包含匕形，但仍表現出結瓜的模樣。楷書繼承東周體系，最終演變成瓜（字形「⺊」僅演變至秦代的[illegible]）。

瓜作為部首時，會用在與瓜或相關植物的文字，像是用葫蘆殼製成的瓢。

▼革的字形演變。

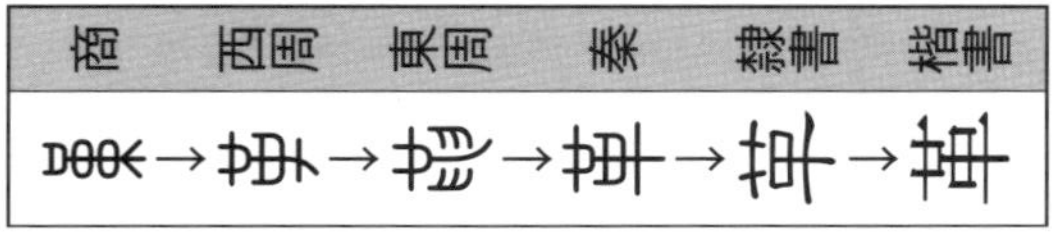

▼亐的字形演變。

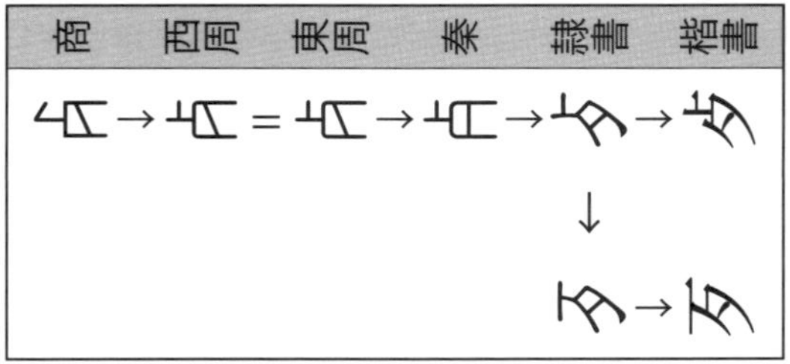

▼韭的字形演變。

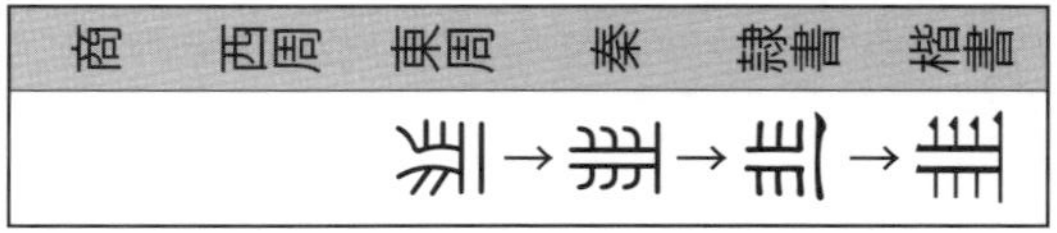

▼瓜的字形演變。

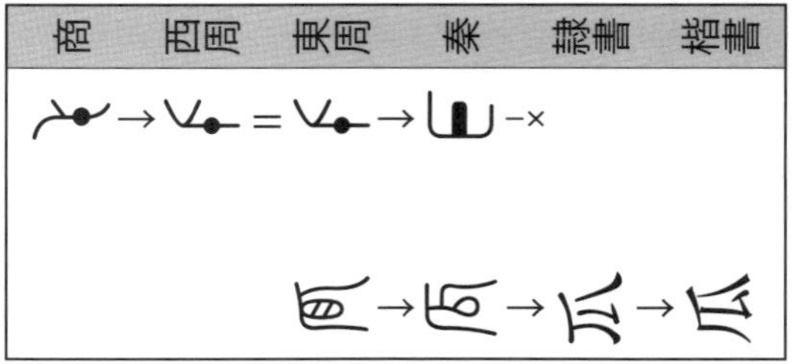

第三章
依人體外表與行動造字

漢字中有許多模仿人類外表與行動的文字，因此，造字時往往使用源於人體的部首。

最常見的就是描繪人體的字形——站立時的人（亻）或坐著的卩等。另外，老（耂）原本指長髮老人，其原始字形中也含有人。

欲表達某個特定部位做出的舉動時，也會運用該部位的字形。例如，代表眼睛的目就用在與看有關的文字上，耳則用在與聽相關的文字。

其他如又與手（扌）同為手部的行為、止與足則表示腿部。心也與人體有關，原本是心臟的象形，後來衍生出心靈的意思。

本章要介紹的就是這種源於人體的部首。

•人（亻）——價由人定

「人」最原本的形象是側面站立的人，商代時的字形是，向左突出的部分是手，彎曲的直線分別代表頭部、上半身與下半身。後來作為偏旁時寫成亻，保留

了人側面站立的狀態，第一畫是人的頭部與手、第二畫則是上半身與下半身。

但是，人單獨書寫時，從西周開始出現分歧，雖然第一畫同樣是頭與手、第二畫是上下半身，但因為線條方向改變，變成人趴在地上的樣子。

初期作為部首使用時造的字，主要用於表現人類行動與外型等會意字，例如：休（休）是人背靠著樹木休息的模樣，伐（伐）是人手持武器——戈（戈）——砍掉他人頭部的模樣。

在表達人際關係或地位的形聲字中，人也會作為形符使用，像是係、他、伯、僕等；或是表現人類的狀態，如健、俊、作、住等。

此外，也有些文字難以看出為何以人為部首，例如價，根據文字學家們推測，本義應該是人類在交易時制定的價格，聲符賈有商業的意思，所以屬於亦聲；而以弋為聲符的代，本來的意思是替代人員。

無論在哪個時代，創造與使用文字的都是人類，因此人部的例子非常多。

《康熙字典》中將形狀類似的𠆢也歸為人部，但是含有𠆢的文字，結構與人毫無關係。𠆢源自由今（今）簡畫而成的亼（亼），是表現屋頂或蓋子的字形。舉例來說，在容器（口）擺上蓋子（亼）是合、在室內（屋頂下方）坐著接受命令的人（卩）就是令等。

當然也有例外，例如企，是由人與代表腿部的止組成，表現出人踮著腳尖站立的模樣，後來才引申為計畫等意。

◀休、伐的甲骨文字形。

●卩（㔾）與儿——兄是站著的人，祝卻是坐著

「卩」是描繪人坐著時的側面，商代時的字形是，左下是彎曲的膝蓋、右下是腳踝，直線則是擺在膝蓋上的手。許多以卩為部首的文字都是會意字。

舉例來說，印在商代的形狀是，也就是用手（）按住他人（）。因此，

印原本代表俘虜，後來才衍生為按壓使用的印章（印鑑）。其中的𠂎（）源自代表手部側面的爪（），只是縱橫方向改變。

即原本的字形是，左側是盛裝食物的高足食器——皀（，按：音同香），右側則是坐著的人。所以，即最初的意思是在餐桌前入座，後來才衍生為到達。

◀人與亼的字形演變。

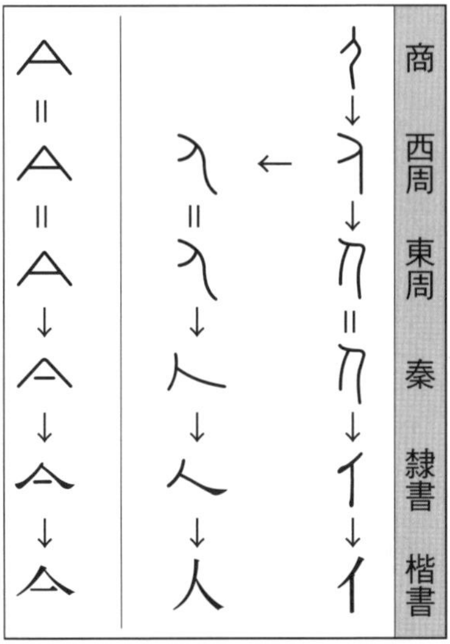

◀卩與儿的字形演變。

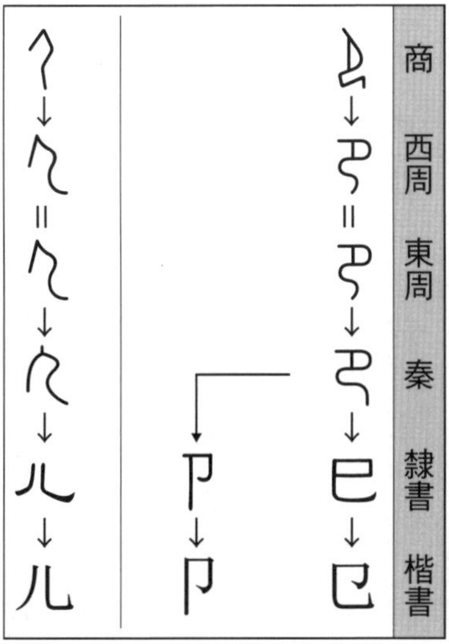

卩通常寫在文字右側，寫在文字下方時，則是使用更接近原本字形的㔾。舉例來說，卷就是形符為㔾、聲符是龹（簡化過的𢍏）的形聲字，後來從跪坐轉變成彎曲、捲起等意。

與卩有關的部首還有儿，最初是只有頸部以下的人（ ），意思與與卩相近，造字時會交替使用。

例如光，在商代時是坐著的人舉著火（ ）照亮四周（ ）。後來，卩被儿取代，楷書才變成光（上方的⺌保留了西周火〔 〕的模樣）。

此外，祝在商代時的字形寫作 ，也就是面向祭祀桌——示（ ）——坐著的人，且口（ ）唸祝禱詞。這個字同樣是將卩替換成儿，字形右旁才逐漸變得與兄相似。

順帶一提，兄（ ）本指站著的人，推測是站著唸誦祝禱詞的模樣。

▲印、即、光、祝、兄的甲骨文字形。

・女與毋——公主來自王室

「女」是表現女性模樣的文字，商代時的字形與卩（）很像，也就是女性跪坐，並將雙手擺在身前。左側的十即交疊的手掌。

作為部首時，主要用在與女性相關的文字，像是姉（姊的異體字）、妹、妃、妊等形聲字；或是與婚姻有關的文字，如嫁、婚、婿、媒等。

除此之外，也會用在與家族有關的文字中，例如姓與嫡。其中，姓原本是在王公貴族階層的婚姻中，用來表示出身；而聲符為臣的姫就是周代王室的姓，因此在當時代表王族女性。

相較於男性，女性的感情較豐沛，因此，女字旁也用在表達情感的文字中，像是嬉、嫉等；形容美人則有媛、姿等。

商代時，女與母二字並無太大區別，母（）只在女（）的胸前增加代表乳房的兩點。

到了西周，女（）與母（）都變成了站姿；東周至隸書期間，字形漸漸逆

時針旋轉，交錯的手掌皆轉到下方。其中，母的外形從東周（□）後就沒有太明顯的變化，女則刪去掉了右上方的線條（相當於左臂），字形與最初已大不相同。

此外，母自商代起，就假借為「沒有」與「不可以」的意思使用，直到東周才在字形上做出區別——將母（□）的兩點相連，變成□，最後在楷書形成毋。

如今我們將毋視為部首，其中包含帶有母的文字，例如每，推測字源是配戴髮飾的女性。

● 目與臣——俯首時，目就變成臣

「目」是眼睛的象形，商代時的字形是□，中央是瞳孔、左側是眼頭、右側是眼尾。

作為部首造字時，多出現在與眼睛或看相關的文字中，包括瞳、眺、瞬、睡等形聲字。會意字中也能經常看見，例如：相是用目看木、看是將手遮在目上方，看向目標物的模樣。

變化過程相當複雜的省，在商代是由形符目與聲符的生（ㄕㄥ）組成（ㄕㄥˇ）。後來，聲符變形成「少」而失去聲符功能（按：《說文解字》載省的本字「眚」，而字義為「目病生翳也」）。

其他含有目的會意字如見、面，不過這兩者如今都是獨立的部首，所以將在第六章介紹。而看似包含目字的具、真則是由容器「鼎」（將於第四章說明）簡化而

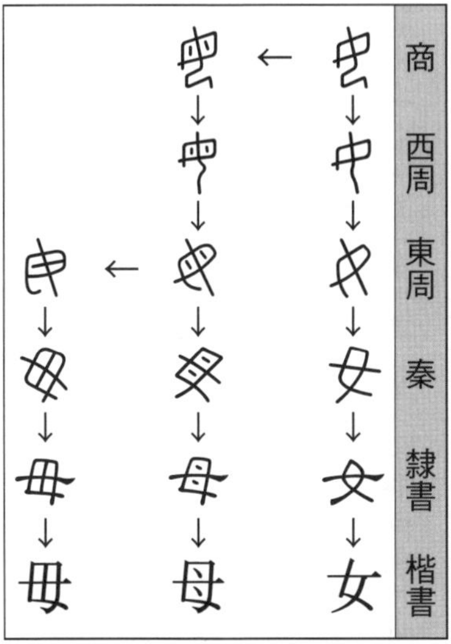

◀女、母與毋的字形演變。

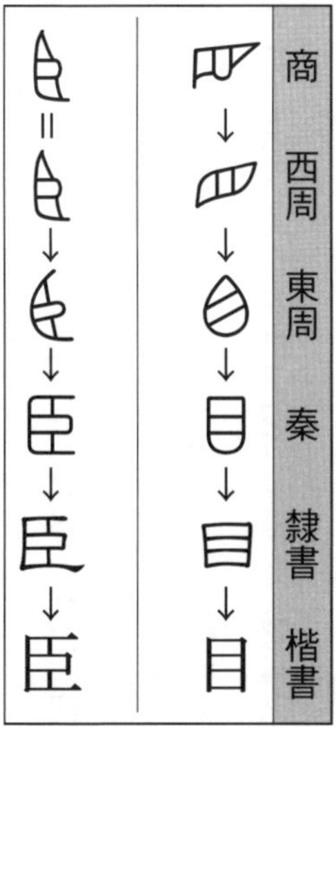

◀目與臣的字形演變。

成，結構與目無關。

目的字形直到西周的都還沒有太大變化，但是到了東周就變成直書「」，楷書繼承東周的字形，而瞳孔同樣位在中間。

商代時，由於臣子向君主俯首時，眼頭是朝下的，因此將旋轉，造出臣（）字。楷書保留眼頭與眼尾，中間的四邊形則是瞳孔。

臣如今也被視為部首之一，多半用在與眼睛有關的文字中。例如監（），是人（）用目（）窺看裝有水的皿（），由於是向下看，所以最終寫成臣（），而這樣的寫法就一路傳承至楷書。

▲省、監的甲骨文字形。

・耳——聽力很好等於聰明

「耳」在商代時字形有三種，其中可以說是最寫實的寫法，但是，最常使用的是與，流傳並演變至今。

耳在東周至秦代之間的異體字很多：秦代篆書，在隸書時發展成；書寫於竹簡上的，則在隸書時期寫作，並一路發展至楷書。

耳作為部首時，通常用在與聆聽有關的文字。例如：以甹為聲符的聘，本義是詢問是否平安，後來才有招聘之意；以悤為聲符的聰，原指聽力很好，後來才衍生為腦袋很好。

聲原指聆聽樂器的音色。聲符殸在商代時寫作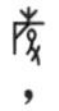，其中的声（）代表懸吊著的樂器石磬，殳（）則是手拿敲擊用的磬撥。因此是演奏石磬的模樣，在聲字當中屬於也具有意思的亦聲。

聞字乍看之下，通常會以為它的部首是門，但其實正好相反，聞是形符為耳、聲符為門的形聲字。聞在商代時的字形是，指坐著的人（）用耳（）聆聽。

聽與聖則是來源相同的文字，在商代時都是，由耳（）與口（）組成。同樣既可解讀為用耳朵聆聽從嘴巴說出的話，也可將口視為祭祀用器皿，解釋成聆聽神諭的模樣。

後來，初文「𦔻」被視為聲符，加上壬後，就變成更複雜的聖。意思也從聆聽變成聰明，並進一步衍生為讚頌偉人（聖人）。另外，聖去掉口，加上聲符悳，就變成了聽，並用來表示仔細聆聽。

殸 　聞 　聽 

▲殸、聞、聽的甲骨文字形。

• 又與廾——兵，雙手拿武器的象形字

商代用「又（）」表現手腕前端，並將五根手指簡化成三根。由於是畫出右

手，所以手指朝向左方。

又多半用在表現手部動作的文字中，例如：及（𠬛）在商代是由人（𠆢）與又（𠂇）組成的會意字，表現出追捕人的模樣，而後衍生出到達、波及等意。

度則是以又為形符、以庶——石的異體字——為聲符的形聲字，原指用手測量長度，因此又有刻度、次數等意思。

◀耳的字形演變。

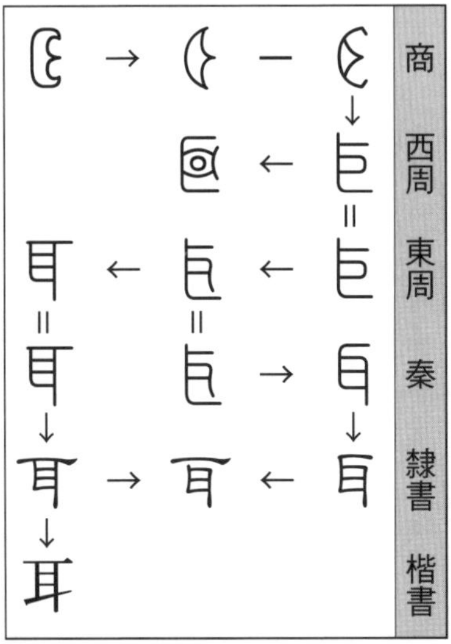

◀又與廾的字形演變。

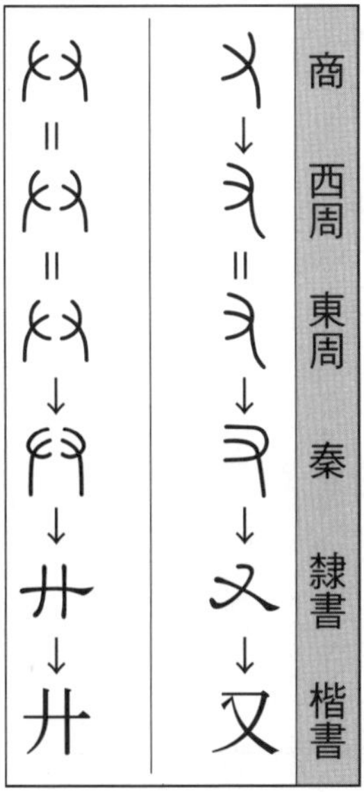

由於又字最早描繪右手外形，所以也等於右，直到西周才正式造出右（）字——用右手拿著祭祀器皿（，按：一說為僅作標記符號使用）。

又字表示單手，而代表雙手的則是廾（按：音同拱），字形與廿十分相近。

廾在商代的字形是，是右手（）加上左手（），通常用來表現雙手持物的模樣。後來，隸書（）將手指相連，最終形成楷書廾。

例如弄，是雙手捧著玉器，獻給神明，後來才有了拿在手上擺弄的意思，上方的王是玉的古老字形（）。

此外，廾在楷書有時也會變形成，如雙手拿著斧頭（）的兵（）。由於斧頭在古代是一種武器，所以後來才衍生出士兵、兵器等意思。楷書的兵乍看之下是由丘與八組成，實際上卻是斤（斧頭）加上變形的廾（）。

後來，為求方便，《康熙字典》將兵歸類在八部，而八部中的典與具，其實也是使用廾所造的字。

▲及、右、兵的甲骨文字形。

•手（扌）——批，是從用手敲打變成用言語

「手」其實比「又」更晚問世，相較於又（ㄨ）將手指簡化成三根，西周造出的手（龵）就如實呈現出五根手指。

到了隸書（手），原本的中指被獨立出來，因此，繼承這個特色的楷書，才會看起來有六根手指。另一方面，偏旁之所以寫成扌，則是源於秦代的簡化字形（扌），所以還保有五根手指。

「又」從商代之後，多用來造會意字，「手」因為較晚出現，所以大都作為形聲字的形符，主要用於與手部動作相關的文字中，如技、拒、捕、拍等。

如今字義與本義不同的文字很多，例如：批原指用手敲打，後來變成批評、批判；提原本指向上拿起，現在則有攜帶、交付等意思；拂的本義是掃、揮，現今日本則用於支付、付款（按：日文中使用新字體払）等意。

除了字義改變以外，也有聲符變形的文字，例如：括在古代的聲符是昏，後來改為類似形舌。相同的變化也出現在髮（日本新字體是髪）、活（原本為涽）等字。

以手為部首的文字中，亦有許多繁化文。舉例來說，受原本兼具被動接受、主動賜予這兩種意思，但是加上形符扌之後，授僅剩賜予。此外，受在商代時的字形是，是兩隻手移交舟（）的模樣。

承（）在商代是由卩（）與廾（）組成，指將人抬起，到了西周後，才有了接受的意思。秦代時，下方又加上手作為形符後，最終一路變形至承，中間的是結合卩與手而成，其餘部分則是由廾演變而來。

▲受、承的甲骨文字形。

• 攴（攵）與殳——攻，拿槌子工作

「攴」（按：音同撲）代表手捧著棒狀器具，造字時多放在文字的右側。

商代時，攴寫作𠂉，同時期也有尖端變形的異體字𠂉。後者流傳至西周，並出現了尖端分岔的字形（𢻮），最後演變成楷書的攴。

另一方面，由於東周（攵）習慣將物品與乂分開寫，所以到了楷書就成為攵。

起初攵作為部首造字時，多用於會意字中，例如：牧是手持棍棒趕牛、敗是破壞貴重物品——貝（寶螺的貝殼）。

▼手的字形演變。

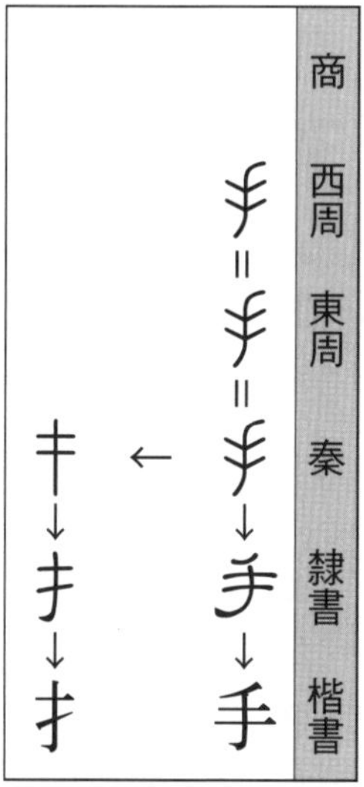

▼攴與殳的字形演變。

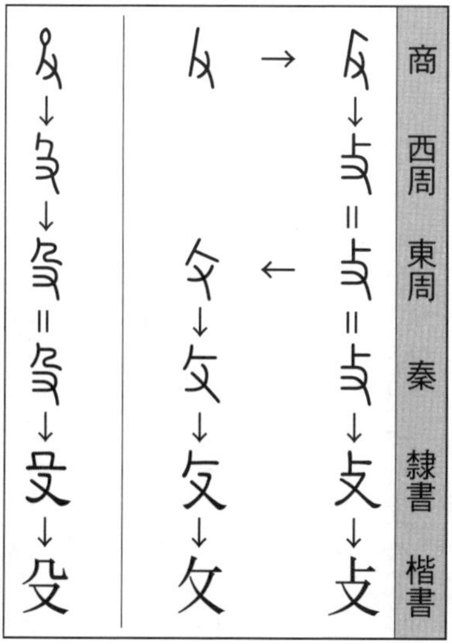

作為形聲字的形符時，象徵人為行動，如放、救、敕、數等。而聲符為古的故，本義是故意，經假借才有了所以之意。

與攴結構相似的部首還有殳（，按：音同書），手持的棒狀用具尖端較粗。殳多半用在會意字中，例如先前提到的㱿（見第一一五頁），而殷（）是持矛刺向人類腹部的模樣。

殳的字形與意思都與攴（攵）相似，所以也經常交替使用。例如攻（），在商代是鑿的動作，所以字形是手拿槌子（）工作（），本義是製造。後來字形才逐漸從殳改成攵。

◀殷、攻的甲骨文字形。

•心（忄、㣺）——喜悅與悲傷都源於心

「心」在商代的字形是「[illegible]」，心房與心室分開。由於當時的祭祀儀式會將祭品的心臟獻給神明，所以古人非常了解心臟的形狀。

東周時出現線條相當顯眼的[illegible]，形成原因尚不明朗，但或許是想呈現血管從心臟延伸出的模樣。雖然秦代篆書曾變成[illegible]，不過流傳到後世的還是[illegible]這一系統，最後在楷書演變成各部位分離的狀態——心。

作為部首擺在偏旁時會寫成忄，放在下方時則有極少數的情況會寫成㣺。這種形狀上的差異是從隸書開始，心的第二畫改成直線就變成㣺、少了一點便是忄。

至於字義，商代主要指心臟，西周起才開始用於心靈層面的文字，作為形符造字時多與情感相關，這是因為情緒容易影響心跳。

形聲字中最具代表性的，如情、悅、想、恭等字；與負面情緒則有怖、怒、悲、憎等。

受到東周思想蓬勃發展影響，心部也用在表現思考、心態等方面的形聲字中，

像是念、悟、愚、惡。

如今有許多字義改變的文字，例如：「怪」從懷疑變成詭異；「忠」原本代表真心，後來多用在官員對君主的忠義之情。

「急」是形符為心、聲符為及的形聲字，原指心情焦躁，後來衍生為急忙。字形上，上半部刍是及（見第一一七頁）的變形。

▲心的字形演變。

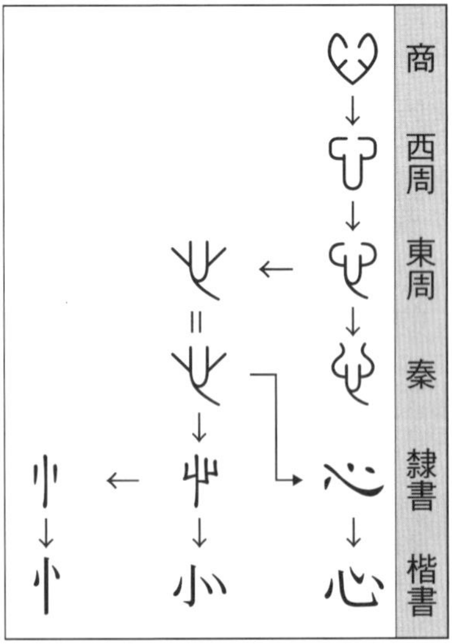

部首的誕生

其他以人體為基礎的部首

取自人體或身體部位的部首很多，同時也衍生出不少派生字，所以接下來將簡單介紹先前沒有提及的部首。

- **匕**：將人（[illegible]）左右顛倒（[illegible]）後形成。其中，比（[illegible]）是人們排隊的模樣，後來才衍生出比較的意思。此外，異體字**七**則是不同的字，由一百八十度翻轉的人（[illegible]）發展而來。匕在東周時演化成[illegible]，曾被誤以為是湯匙的外形，最終變成「匙」的形符。
- **老（耂）**：老（[illegible]）是長髮老人手執拐杖的樣子。作為部首造字時，通常會省略拐杖，僅保留耂。雖然老字最初的字形含有人（[illegible]），但是發展至楷書時，形狀已有非常大的差異。

耂主要用於與老年人有關的文字中，像是以丂為聲符的考，原指已過世的父親（按：老、考本為一字，後世為區別二者才加上丂，分化為二字）。

•**欠**：欠（）是人坐著、張開嘴巴的模樣，上方的是開口時的側臉。作為部首造字時，多用於需要開口的行為，例如歌、歡。古代字形中，原本坐著的人（），從東周起就被站著的人（）取代。

•**大**：大是人的正面，商代時寫作。由於是人刻意展開四肢，試圖讓體型顯得更大，所以本來的意

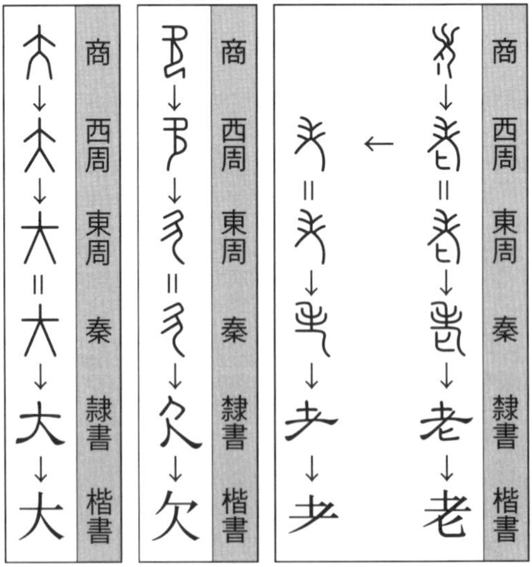

▲由右至左，依序為匕、老、欠、大的字形演變。

思就是「大」。與人一樣，大字描繪出整個人體，但是字形變化的程度卻比人少很多。作為部首所造的字，多為強調人正面的會意字，例如強調頭部的天（）、頭上套著枷鎖的央（）。其他還有少許依大這個意思而打造出的字。

• **文**：文與大類似，是強調人的胸部。看起來像是在胸口畫了記號，所以推測本義是紋身。不過，流傳下來的是經過簡化的，因此，儘管原本代表紋身，如今卻已看不出來。後來，字義延伸至文化、花紋等意，以此為部首的文字數量極少。

• **尢（尣）**：尢（）是將大（）右下方的線條畫成曲線，表現人跛腳的模樣，另有異體字尣。以這兩者為部首的文字，多與下肢疾病有關，但是數量極少，東周時甚至還沒有將此字單獨使用或作為部首使用的案例。此外，尤（商代字形為）其實與尢毫無關係，但《康熙字典》為求方便，便將其列在部首尢裡。

• **子**：代表兒童，商代時寫作，可以從中看出兒童的頭部比身體大。下方僅用一條線表示下肢，則是表現兒童步伐不穩。放在偏旁時會稍微變形為，也多與兒童有關，例如：以瓜為聲符的孤，本義就是孤兒。

• **爪**（ㄓㄠˇ）：商代時寫作，是手的側面，並把手指簡化為三根。楷書中，爪寫在文字上方時會寫成爫。爪原本是以手的意思用於會意字中，例如交接舟的受（見第一二〇頁）、拐走兒童的孚等。《康熙字典》受到篆書字形（爪）的影響，多半將上方的爫寫作⺥，臺灣國字標準字體則是使用前者。

爪後來有了指甲的意思，而原本代表指甲的文字是㕚（ㄓㄠˇ），即以手（又）上的小點代表指甲。

• **止**：止（ㄓˇ）是腳踝以下的足部，商代的腳趾手指都一樣被簡化成

◀文的字形演變。

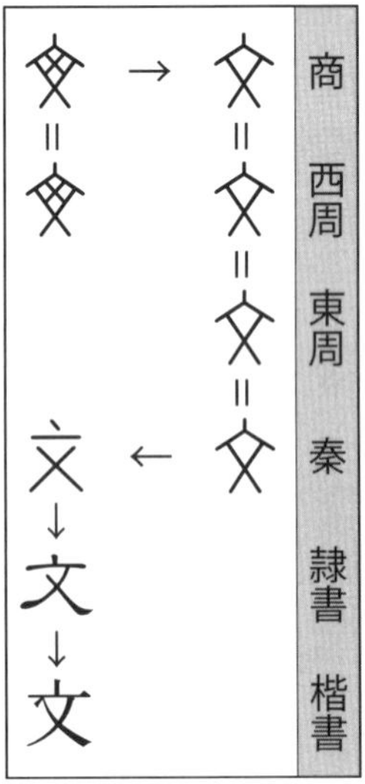

◀尢的字形演變。

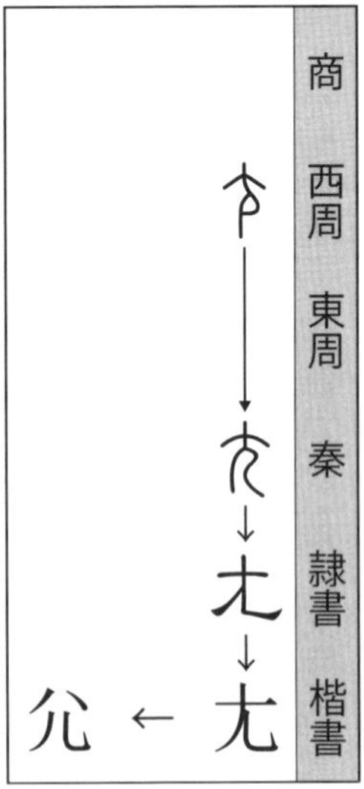

三根，最大的部位應該是大拇趾，所以這很可能是左腳。

　後來流傳到後世的是異體字[illegible]，到了西周又變形成[illegible]。楷書的止中，較短的橫線應該就是大拇趾。楷書止放在偏旁時，會稍微變形成[illegible]。

　字義方面，止如今多指停止，不過，它最初的意思其實是前進。這種情形稱為反訓（按：訓詁學中，指用反義詞來解釋詞義或字義）。以止為部首的會意字大都表示前進，例如：步（[illegible]）為對稱的左右足，也就是左右腳交替行進；武（[illegible]）則是手持武器戈（[illegible]）進軍。

▲子的字形演變。

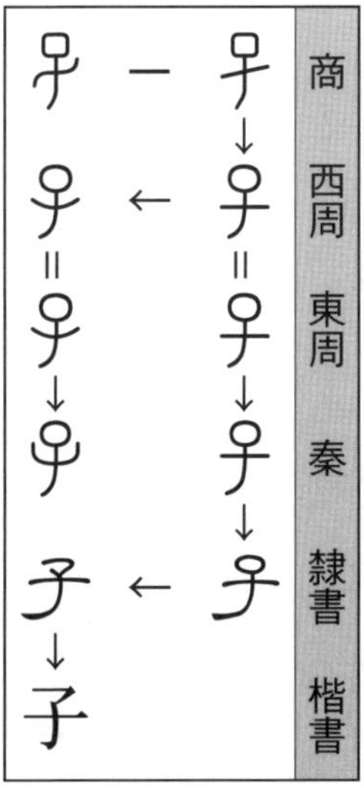

▲爪的字形演變。

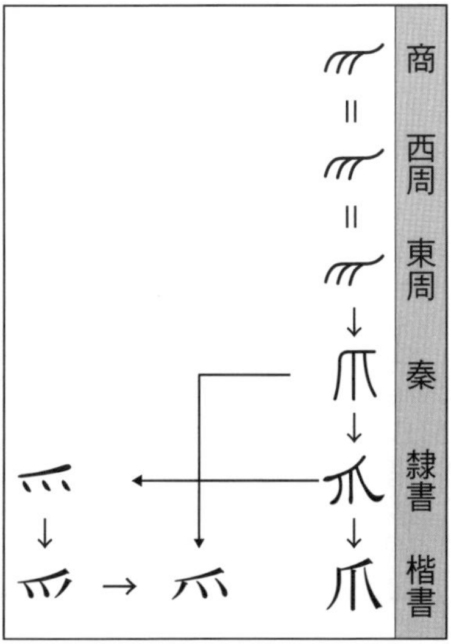

● **癶**：商代時與止（ㄓ）並存的ㄓㄓ，代表雙足。但是，因為異體字ㄓㄓ均衡感較好，所以流傳到後世的是後者。

癶（按：音同撥）作為部首造字時，多與足部有關，但數量很少。

● **首**：首代表人的頭部。商代時寫作[古字]，上方短線是頭髮、中央的圓圈是眼睛。到了西周，眼睛與頭髮變得更明顯（[古字]），同時，也出現以鼻子的象形字自（[古字]）代替眼睛的異體字（[古字]）。

秦代繼承後者，演變為頭髮數量較少的簡化版本首，並一路演變成楷書的首。

▼止的字形演變。

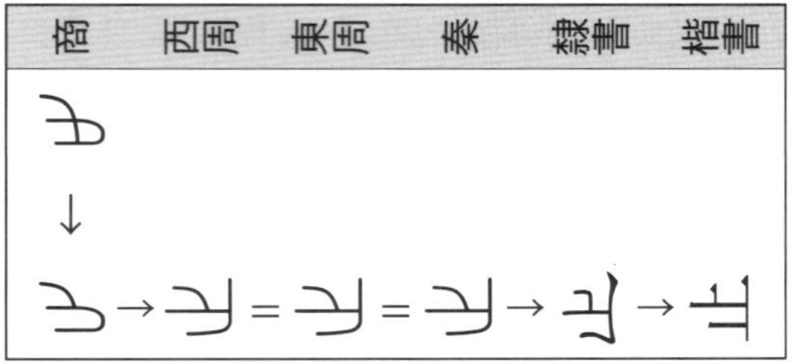

▼癶的字形演變。

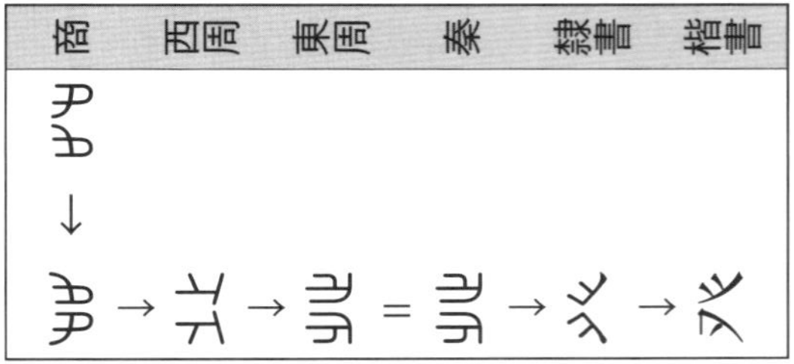

楷書首字的第一和第二畫是頭髮，下方是自。楷書亦有異體字，像是繼承無髮字形（）的𦣻，以及繼承秦代篆書（）的𩠐。以首為部首的文字大都與頭部有關，但是數量同樣極少。

- **而**：商代時寫作，用以表示下巴的鬍鬚，後來亦延伸至臉頰的鬍鬚，但其實臉頰的鬍鬚本來就有須（）字。

而作為部首造字時，原本多用在與鬍鬚有關的文字，但由於與髟的字義重疊，後來而字便假借為連接詞使用，以此為部首的字同樣數量極少。

▼首的字形演變。

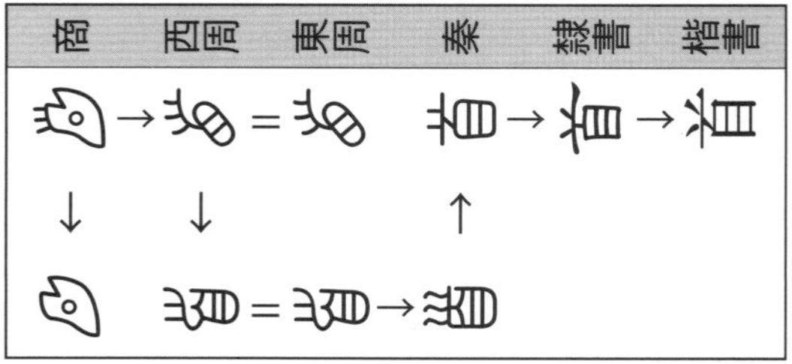

▼而的字形演變。

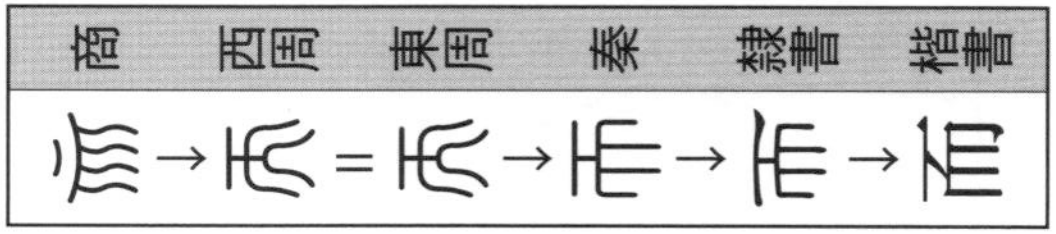

第四章

由祭祀儀式獲得的權威感

除了人本身之外，漢字部首也有一部分是源自人類所打造的各種用具。一般農民生活中，最重要的就是飲食、衣著和住所，所以這類部首包含衣（衤）、皿等。而對統治階級的人們來說，最重要的是軍事與祭祀。軍事是維持統治體制的關鍵，所以相關漢字也反映了這方面的文化，不少武器都成為了部首。畢竟，他們必須利用武器防範內憂外患。

祭祀對統治者來說之所以重要，是因為共同的信仰不僅能凝聚社會的向心力，也能藉由祭祀儀式獲得的權威，從精神方面教化百姓。因此，漢字中也有許多部首，都與祭祀禮儀的器物有關。

• 衣（衤）——「裏」裡面藏著衣服

「衣」是象形字，商代時寫作，上方的∧指後領、其他部分為前襟。後來，東周的簡牘文字稍微變形成，隸書則進一步調整成，到了楷書才終於變成衣。楷書中的亠就是指後領。

雖然衣還有異體字，像是商代強調編織的、秦代篆書強調弧度的，但是楷書均未保留其特色。

隸書將衣寫在偏旁時，會使用簡化的衤，楷書繼承這個特色，寫成衤。由於是將衣的第二畫與第三畫連在一起，所以比衣少了一畫。順帶一提，儘管衤與ネ（見第一四八頁）十分相似，但由來完全不同。

衣作為部首所造的文字，都與衣服有關，像是襟、袖、裸、裝等。舉例來說，「補」本來指修補衣服，後來多了彌補的意思；「被」原指睡衣，後來才變成被子，並進一步用於被動行為；「製」本義為裁布、製衣，後來才泛指所有的製造。

「複」的本義是穿上多層衣服，後來出現重複、複數等意思；「襲」根據研究，推測最初應該也指穿著多層衣服，後來卻直接變成繼承、承襲，並進一步衍生為攻擊；「裕」指有多餘衣服，所以才延伸出富足、游刃有餘等意思。

或許是因為衣的古代字形（）中有空隙，所以古人有時會將聲符放在中間。例如：「裏」將衣拆成兩個部分，擺入聲符里，原指衣服內側，泛指深處、裡面。

• 糸——綠與紫，都是布的顏色

「糸」是所有纖維製品都會使用的部首，但是，商代用來表示織物的其實是「束」。束（）的象形就如同編織後的毛線，上下各有一個結（↓）。

西周時才創造出糸（），是省略了上方的結，後來便以糸為纖維製品相關文字的部首。

糸本指未加工過的蠶絲，而最初用來表示線是的絲字，就是並排的束（）。由兩個糸並排的，則是在西周成形。

以糸為部首的文字非常多，包括絹、織、紡、綱等形聲字。其中有許多文字，如今都能運用在更廣泛的場合。例如：「結」原指收束，後來大量用在結合、締結等意思上；「縮」本來專指布縮水了，現在已經廣泛運用於任何事物；「約」則從把絲線串聯，衍生為整理、收拾，後來又進一步用於協議等意。

其他如綠、紫、紅等，原本指各種的布料，後來才當作顏色名稱使用。而字義已經大幅改變的文字，例如：以申為聲符的紳，原指貴族的大型腰帶，後來則代稱貴族。隨著貴族制度衰退，後來的官僚與地主也被視為「士紳」。

而「經」原本指被織布機縱向撐開的線，由於必須先設縱線，再穿入橫線，所以縱線被視為核心，而有了經典一詞，指重要書籍。後來與代表橫線的緯分別用在經、緯度。

「紙」比較特殊，在西元以前的時代，紙的原料是細纖維狀的物品，其後原料

▼衣的字形演變。

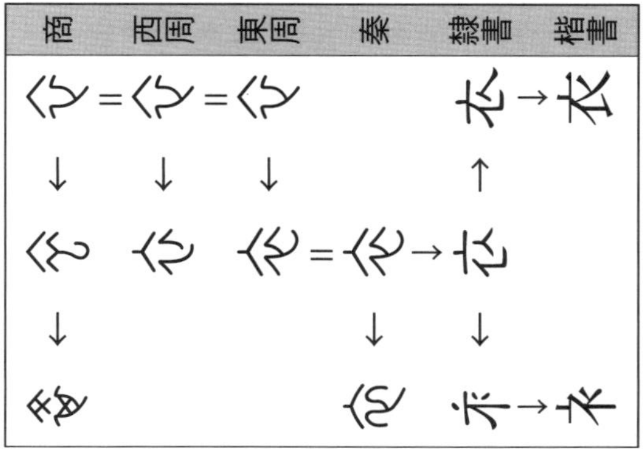

▼糸的字形演變。

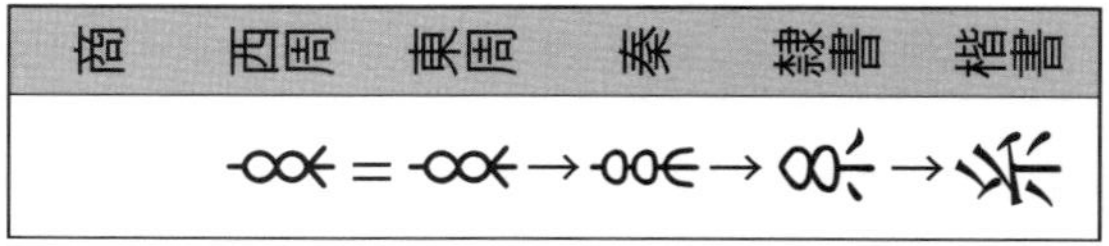

▼束、絲的甲骨文字形。

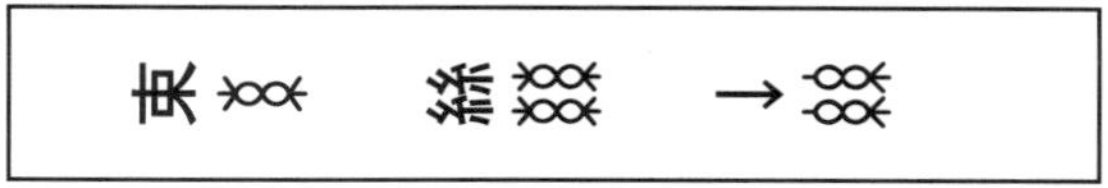

改為植物。紙字的字義偏離其部首，並不是因為文字本身的意義改變，而是技術革新導致所指物質不同。

•网（罒、罓）——從網子變成罪犯的象徵

「网」是網子，商代多寫作⊠，後世則繼承其異體字冈。寫在文字上方時，隸書寫作㓁，楷書則進一步區分為罓與罒。

以网為部首的文字都與網子有關，但許多文字的意思如今都已經改變。

置是形符為网（罒）、聲符為直的形聲字，原本指豎起網子，後來延伸為放置；署以者為聲符，本義是設置網製的陷阱，而後衍生出部署、署名等意。其中較為有趣的例子，如原本指網子的罔，是网（罓）加上聲符的亡組成，亦指「沒有」。由於字義轉用為其他意思，於是古人又加上糸，造出新字網，其中形符為糸、聲符為罔（亦聲）。

後來，网作為部首造字時，其含意從網子變成了逮捕罪犯。以罵為例，就是以

馬為聲符，最初指調查犯人，並衍生出斥責之意。此外，罰是由罵的異體字詈與刀（刂）組成，本義是拷問的同時進行調查，後來才普遍用於各種刑罰。

「罪」的演變過程也相當特殊。原本代表罪惡的是辠這個會意字，是由鼻子（自）與刀刃（辛）組成，指削鼻的刑罰。據傳，秦始皇認為辠與皇的字型太相似，便下令修改，所以才變成罪。罪是聲符為非的形聲字，原本是指捕魚網。

不過，辠字後來仍有人使用，所以上述故事的真實性仍有待商榷。

•皿——盤與盆都是裝水的器皿

「皿」最初的意義並非現在普遍認為的盤子，而是有一點深度的缽狀容器，在商代時寫作，非常具體的表現出形狀。

皿一開始多用於會意字中，例如：盡在商代時寫作，據推測是用手清洗吃完的皿，或是將皿中的食物吃乾淨；益（）是由皿與代表水滴的小點組成，指在皿中加水；監（）是人窺看裝滿水的皿。

後來，皿也開始用於形聲字中。例如：以成為聲符的盛，本義是用食器裝滿穀物，如今泛指盛、裝，並衍生為繁盛。

以般為聲符的盤，原本代表裝水的容器，據推測應該是用餐過程中，用來洗手用的容器（如洗手碗），後來也用在形狀相似的棋盤、算盤等，如今也能指根基。般在商代時寫作「」，有製作盤子的意思，屬於亦聲。

盆同樣是裝水的器物，現在指可以裝水或其他物品的圓形器皿，在日本則指淺底容器，更接近托盤、菜盤。此外，日本盂蘭盆節（按：祭祀祖先的節日，通常於八月中旬舉行），源自於梵語ullambana，已脫離器物含義。

盟則反映了古代的禮儀文化。締結盟約時，人們會將祭品的血倒入器皿，並以交杯的方式飲下對方杯中的血，這一儀式便稱為盟，後來才轉指盟約。

皿在商代時還有一個異體字，是強調邊緣的，這個特徵一直保留到東周。同一時期，出現了邊緣與器皿分離的異體字，秦代篆書則寫成，但後來並未保留此寫法，而是繼承異體字。隸書寫作，最終演變為楷書皿。

楷書中左右兩條直線是容器的邊緣，剩下的部分則等於商代的。

▲盡、益、般的甲骨文字形。

▲网的字形演變。

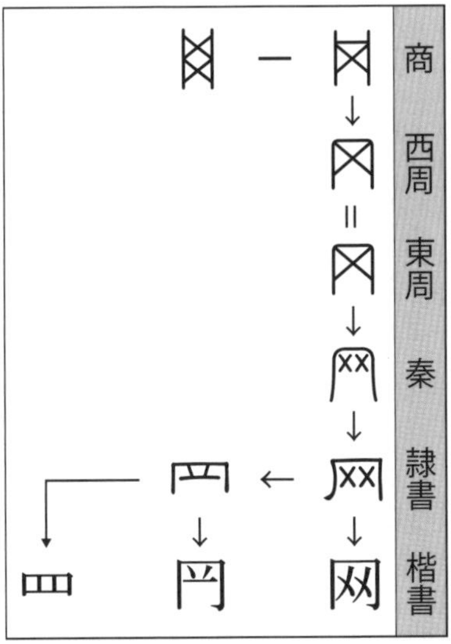

▲皿的字形演變。

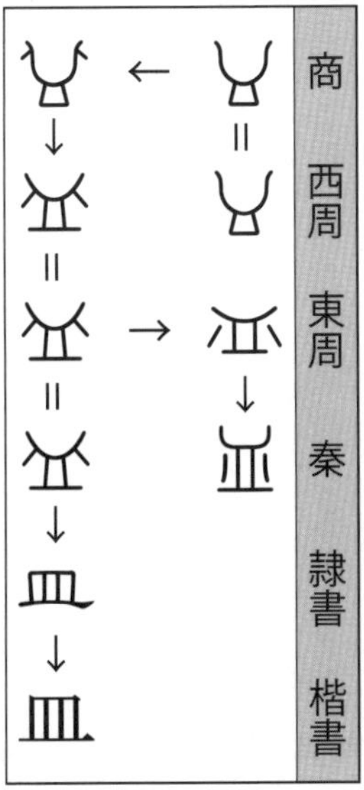

・刀（刂）——利與別，都有刀

「⺈」是刀在商代時的異體字之一，上方為刀尖。而流傳至後世的則是稍微簡化過的「⺆」，並在隸書時期調整了角度，變成刀。此外，秦代篆書也有上方彎曲的𠚣，但同樣並未流傳下來。

刀作為部首造字時，如果擺在右側，通常會變形成刂，這種變形源自隸書的寫法⺉，字形與古代的⺆較為相近。

刀雖然是一種武器，但用刀造出的會意字主要與尖銳的工具有關。例如：「初」指的是製作衣服的第一個步驟——裁布，所以才由衣（衤）與刀組成，後來才衍生出開始之意；「利」是用小刀收割穀物（禾），後來才從收穫變成利益。

而字形產生變化的文字則有「別」，原本指用刀砍死者骸骨，寫作𠛁。後來，別字用來表示送葬禮儀，進而引申為別離，並逐漸擴展到分開、分歧等意思。之後，字中用來象徵死者骨骸的部分，還演變出肩胛骨的象形字冎。

刀作為形聲字的形符造字時，多與用利刃削切有關，包括切、刻、削、刺等。

此外，也有許多字義改變的文字，例如：以干為聲符的刊，原意是削切印刷用的版木，後來才引申為刊行；判原本指切半，聲符半是亦聲，後來引申為判別、分辨等。

以乘為聲符的剩，最初指剪裁後的剩餘材料，如今可形容多餘、剩餘；以倉為聲符的創，本義是創傷，經過假借後則多了創造的意思。

◀刀的字形演變。

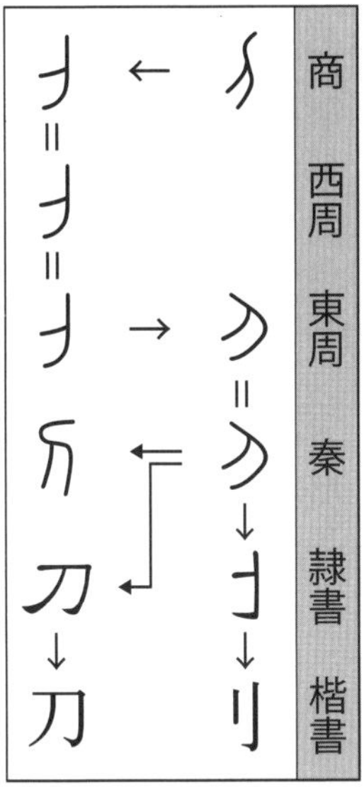

◀別的甲骨文字形。

•弓與矢——彈，是用弓射出的

商代時的主要武器有近距離的戈（見第一五九頁），以及遠距離的弓箭。

弓在商代寫作，是被拉開的弓弦，異體字有省略弦的。東周時的曲線更為明顯（），並一路發展至今。

以弓為部首的形聲字與弓有關。例如：弧原本指木製的弓，由於弓是彎的，後來便泛指有弧度的物品；張本義是拉開弓弦，現可指任何張開的動作；弛則是放開弓弦，所以後來普遍指稱鬆弛、放緩之意。

比較特別的字有彈，原本指彈弓，後來才延伸為動詞的彈開、彈跳，以及名詞的槍枝子彈等用法。此外，商代的彈寫作，是非常直覺的表達方式（圓形記號代表小石頭）。

矢在商代的字形是，上方是箭頭、下方是箭羽。流傳至後世的則是異體字，並在秦代簡牘文字發展成不對稱的，楷書便是依此演變而來，第一畫和第二畫就是箭頭。矢放在偏旁時，會稍微變形成。

矢作為部首造字時與箭有關，例如矯，原本指修正彎曲的箭矢，引申為矯正（使某物恢復正常）。

效在商代時寫作，是矢（）與攵（）組成的會意字。原本指製造、修理箭矢，後來才有了效法、效果等用法。字形之所以產生變化，是為了表達讀音，而以字形相似的交取代矢。

•車——車，最先用於戰爭

就如第二章的馬（見第七十三頁）所述，商代時引進了馬匹拉車的

◀弓與矢的字形演變。

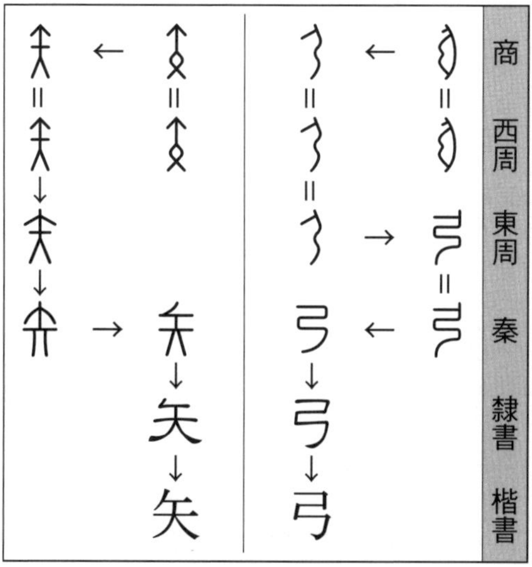

◀彈、效的甲骨文字形。

技術，所以用車這個字來表現車體。

雖然馬車會用在戰爭中，讓士兵站在馬車上射箭攻擊，但車作為部首造字時，通常與戰爭或馬車無關，而是用於車體的某個部分，如軸、輪。

馬車最初雖然在戰爭中使用，但後來也用於送貨，所以也出現了相關文字：載表示將貨物放在貨車上、輸代表用貨車運送貨物。

其他像是轉，是車輪轉動的樣子，後來泛指所有轉動、滾動；輕原本指行駛輕快的馬車，如今可以形容輕盈；輩則從車隊衍生出連續出現（如人才輩出）、同伴（如同輩）等意思。

車在商代時寫作，如實的表現出馬車的外形，最上方的橫線是用來牽住馬匹的衡（按：車轅前端的橫木），倒V字形是扼住馬頸的曲木軛，縱線是貫穿車體的轅，下方則是車軸與車輪。左頁圖4-1是考古遺跡挖掘出的商代馬車，可以看出其外形與非常相近（王公貴族過世時，馬匹與車伕必須殉葬）。

異體字則有橫向的，並在西周變化為，這些字都有呈現給人乘坐的空間，以及固定車輪的轄（按：車軸兩頭的金屬鍵，防止車輪脫落用）。

另外也有只表現出車軸、車輪、轄的異體字，後來簡化為車，僅保留一個車輪，楷書車中間的田字即為車輪。

▲車的字形演變。

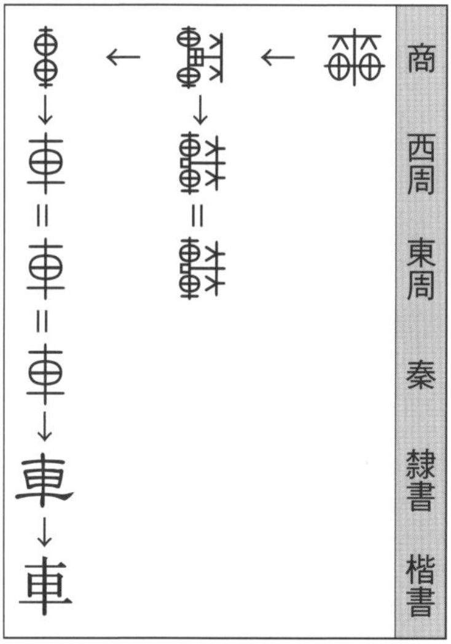

▲圖 4-1　商代馬車，看起來就與當時的文字（）一樣。（出處：《安陽殷墟郭家莊商代墓葬》。）

•示（礻）——與祭祀有關

「示」是祭祀用的桌子，商代字形中最基本的丅就是桌子的形狀，直線即桌腳；亍則是供品擺在桌上的樣子，後來下方加了兩個點，變成示。關於這兩個點的說法有兩種，一說是肉類供品的血滴，另一派則認為是酒滴。

後世就繼承了示的寫法，隸書將下方的點與桌子相連在一起（礻），楷書又進一步把其中的第二畫與第三畫連在一起（礻）。

示（礻）在會意字中，通常表示桌子。舉例來說，祭就是由手（又）、肉與桌子組成，藉此呈現獻祭儀式。此外，奈的古代字形柰，是將木放在祭祀桌上，表示獻祭植物的儀式。

示（礻）作為形符造字時，意義乃至所有祭祀相關的事務，例如祀、祈、福、祥等。其中，福指在祭祀儀式中使用酒，畐是裝酒容器的形狀。

以示（礻）為形符的形聲字另一大特徵，是其中許多字由其他象形字繁化而來。例如祖，原本的聲符且是一個象形字，表示祭器（俎），古人常用它象徵祖先。且本身就有祖先、祭祀的含意，所以加上示，強調它與祖先信仰的關聯。此外，俎是從且延伸出來的分化字，強調四足祭器的外形。

同樣是繁化字的還有社，土原本就有土壤、土地的意思，也代表祭祀土地神的設施。東周時加上示部，土就成了兼具意思的亦聲，後來將字義延伸至結社、社會等意。

如前所述，示字旁的文字與祭祀有關，雖然與衣的偏旁極度相似，但只要思考文字是否與祭祀有關，就不會搞錯了。

◀示的字形演變。

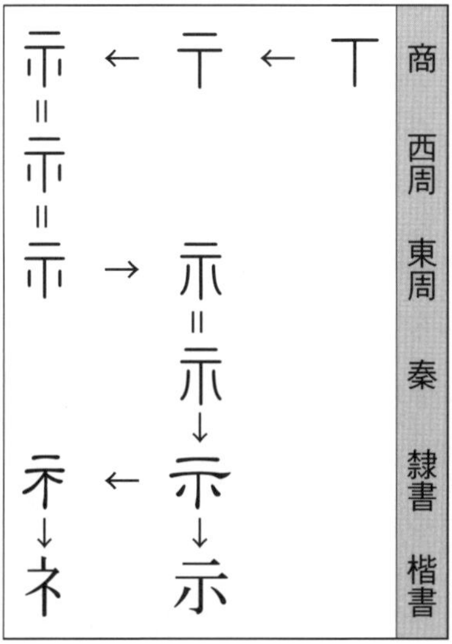

• 玉（王）——跟王沒關係

「玉」是玉器（用貴石製成的器物），商代字形丰是描繪小巧的玉器被繩子串起的模樣。左頁圖4-2是商代遺跡出土的玉器，上面有穿繩用的孔。古代的王公貴族在參加儀式的時候，會配戴這樣的玉器。

商代的異體字有畫出繩結的丯與簡化過的王，流傳至今的是後者。東周時出現的異體字玊，推測是為了與字形相近的王（王）做出區別，楷書也延續了這個做法。但是，玉作為部首使用放在偏旁時，就會寫成與王相似的王。

順帶一提，王原本是從鉞（按：形似斧但較大的武器）的象形戌（戉）中，取刀刃部分打造的字形「太」（下方為刀緣），後來依序演變成玉和王，幾乎與玉（王）一樣（按：差異在於第二畫的位置，王的第二畫較高）。《康熙字典》為求方便，便把王歸類在玉部中。

玉作為部首時與玉器有關，像是璧，指圓形玉器，毫無瑕疵的璧稱為「完璧」；琉原本是瑠的異體字，兩者最初都代表美麗的玉器。

還有許多字義已經改變的文字，由此可見古代有多麼重視玉器。舉例來說，珍從貴重的玉器，引申為罕見之意；球從丸形玉器，演變為泛指所有球狀物體。

此外，「環」本義是中間開有大洞的圓形玉器，後來才普遍指所有圓圈形物品，或物體繞行（如循環）；「理」本指沿著原玉的紋理加工，後來轉為治理、邏輯（如道理）等。

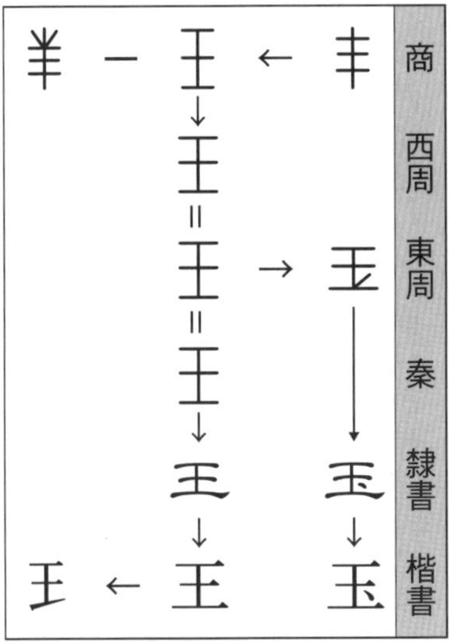

▲玉的字形演變。

▲圖 4-2　商代遺跡出土的玉器，中間留有穿繩的孔。（出處：《安陽殷墟花園莊東地商代墓葬》。）

‧酉——醉酒後清醒

「酉」是酒樽的形狀。酉同時也是地支（按：中國古代用來計算時日或次序的代號）之一，也是十二生肖中排第十的雞。

西周至東周期間，酉字直接被視為酒使用，所以《說文解字》與《康熙字典》都將酒編入酉部，而非水（氵）部。

酉在商代就已經被用作部首造字，起初多為會意字。例如：配（）就是卩（）與酉（）組成，代表將酒分配給祭祀參加者；尊（）指雙手（）捧著獻給神明的酒，上方的酉後來演變成表示酒發酵的酋，而代表雙手的廾則變成寸。

酉在形聲字中也與酒、飲酒有關，如酌、醉、醒、酎（按：音同宙。指經過多重加工而釀成的醇酒）等；以州為聲符的酬，原本指勸酒，後來才引申為回報（如報酬）。

由於古人在儀式中會用到酒，所以以酉為部首的文字其實相當多見。

比較特別的像是「醫」，這是因為醫療時會用到酒，所以就以酉為形符（聲符為殹）。古代的醫療也與巫術脫不了關係，所以當時還有異體字毉。

酉的字義不斷擴展，因此後來也用在與發酵有關的文字，像是酢（正體為醋）、酵、酸、酪等。此外，「酪」如今雖然泛指乳製品或相關產業，但最初是指馬乳或牛乳製成的酒。

字形方面，商代時多用，但是後世沿用的卻是較複雜的異體字。

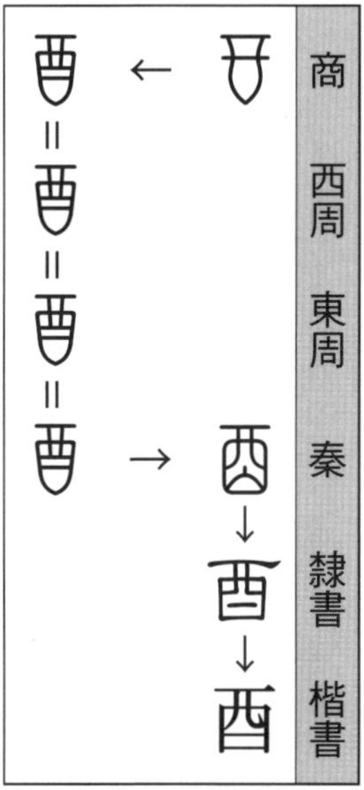

◀酉的字形演變。

◀配、尊的甲骨文字形。

部首的誕生

其他依人造物品打造的部首

本章依序解說了生活、軍事、祭祀中，依人造物品打造的文字，小單元也將以此順序，繼續介紹其他相關部首。

- **巾**：巾（巾）是布的象形，呈現下垂布料的末端。作為部首造字時都與布有關，如帆、帳等。
- **黹**：黹（按：音同紙）指繡花布，商代的字形寫作□，以兩個方向相反的巾（巾）組成，兩者之間是刺繡的花紋。

除了左頁表中列出的字形外，還有商代時的□、西周時的□等各式各樣的異體字。但是，黹字的使用自東周起銳減，從現存資料來看，甚至沒辦法確認東周時期或隸書中，是否有文字含有黹這個部首，如今以黹為部首的文字少之又少。

•**鹵**：鹽袋，商代時寫作，就像是一個袋子的外形，十字線條是袋子的纖維，小點則代表鹽粒。

到了西周，十字線的方向改變（），秦代篆書鹵則改變了上方的形狀。鹵作為部首時，多用在與鹽巴有關的字，例如鹽，就是以鹵為形符的形聲文字，聲符則是取監的省聲（少一畫）。

•**缶**：缶（）指陶製的容器。以缶為部首的缺字，就是指陶器有缺陷。表中的隸書缶是簡化過的字形，為求方便還是列在表中。

•**瓦**：瓦是屋頂的象形。瓦片自

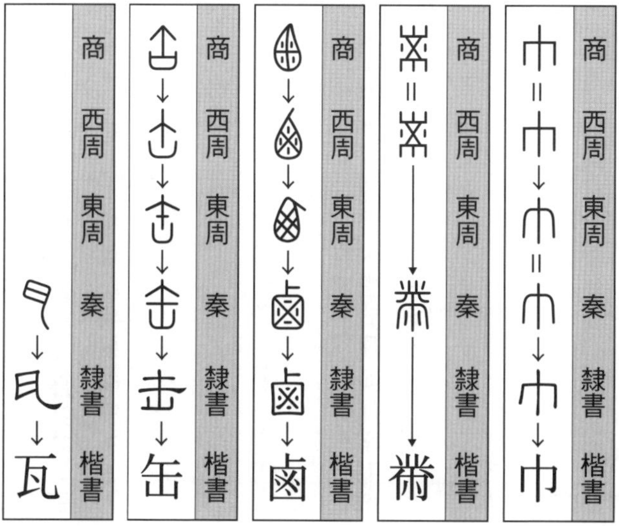

▲由右至左，依序為巾、黹、鹵、缶、瓦的字形演變。

西周後開始普及，所以戰國時代末期的秦國，因此造出瓦（ ）字。由於引申為陶製容器名，且與缶相近，所以兩者有時會互相作為異體字使用，例如：瓶與缾、罇與甎（按：缶是描繪腹大口小、有雙耳的陶製容器；瓦則是陶罐或破裂器皿）。

• **弋**：弋（ ）是杙（按：音同義。指小木樁）的象形與初文，鮮少作為部首使用。西周寫作丰，經過複雜化之後，字形近似武器戈。

順帶一提，商朝代將繩子象形——己（己）與矢（ ）組成了「 」這個字形，用來表現綁上繩子的箭。

• **几**：几（ ）是桌子，但以此為部首文字很少。此外，由於凡與几字形相似，所以《康熙字典》將兩者編在同一個部首，但是商代凡的字形是H，兩者結構毫無關聯。

▲弋的字形演變。

商	西周	東周	秦	隸書	楷書

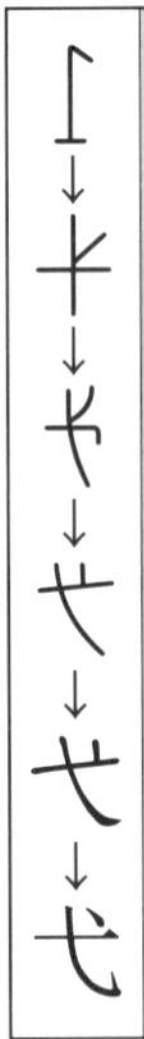

▲几的字形演變。

商	西周	東周	秦	隸書	楷書

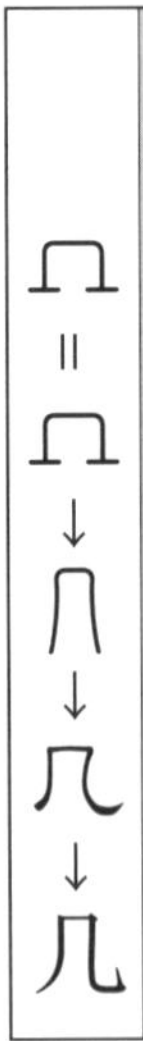

•**匚**：匚（[glyph]）指箱子，推測是描繪箱子的側面。商代通常用口（ㅂ）表示箱子，但後來匚變成主流。字形在西周時稍有簡化（匚），自此直到楷書都幾乎沒有變動。作為部首造字時，也仍與箱子有關，例如匣或匱。

•**爿**：爿（[glyph]）是床鋪，左邊是床腳。通常作為聲符造字，如壯、狀等，以爿為部首的文字極少。但是，表現人躺在床鋪上的疒（[glyph]，見第一九六頁）是用途相當廣泛的部首。

•**舟**：商代的字形寫作[glyph]，因為是內陸水域使用的船，通常沒有船桅的設計，所以象形字中也沒有。作為部首時與船有關，如船、艦、航、舷等。有時候則有像

▲匚的字形演變。

▲爿的字形演變。

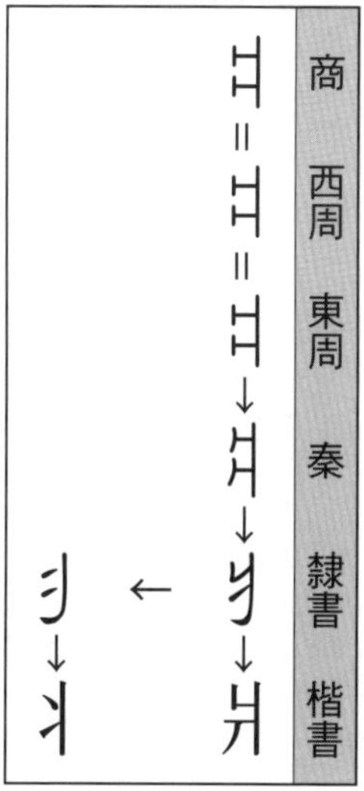

「般」這種與類似形同化的情況（見第一四〇頁）。

寫在偏旁時偶爾會寫成「月」，《康熙字典》將這些字歸類在月部（如朕、朝等）。

●**工**：「工」是鑿子，商代時寫作古，下方是刀尖，而楷書則源自簡化過的工，並將鑿子視為工匠的象徵。工作為部首放在偏旁時會稍微變形為工，以它為部首的字多與工匠、工業有關，如巧、式等。

●**辛**：辛（𢆉）是刀尖朝下的刀刃，在會意字中多用在刀刃相關的文字。後來，辛經由假借多了「辣」的

◀由右至左，依序為舟、工、辛的字形演變。

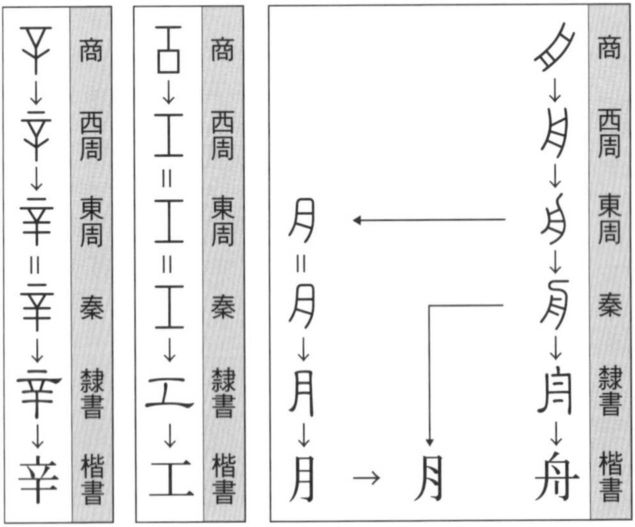

意思，所以也會作為形符用在與辣有關的形聲字中，但是數量極少。

• **斤**：有手柄的斧頭，作為部首造字時與斧頭、砍的動作有關。例如，所的聲符是斤，本義指斧頭砍樹的聲音。西周時的字形曾將手柄與斧刃分離，寫成⺁，但是到了隸書又再次接合為斤。作為部首時通常擺在右旁。

• **戈**：戈（𠄠）是有垂直刀刃的長柄武器，以揮舞的方式攻擊，第一六一頁圖 4-3 與圖 4-4 是考古挖掘出的青銅製戈與矛（兩者的柄都未完全腐蝕，保有一部分，是相當罕見的案例）。

戈是商代至東周期間的主力兵器之一，作為部首造字時通常擺在右旁，多與戰

▼斤（右）與戈（左）的字形演變。

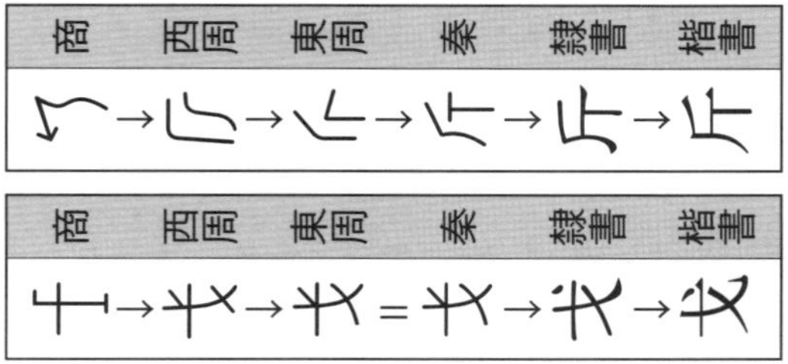

▼矛的字形演變。

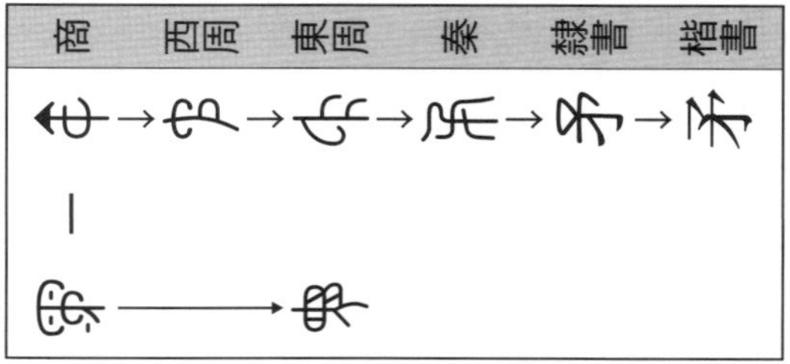

鬥、戰爭有關，像是以單為聲符的戰、會意字伐（見第一〇七頁）等。

• **矛：** 矛是一種長槍武器，手柄的前端裝有相當寬的刀刃（見左頁圖4-4）。商代除了以外，還有強調寬刃的異體字，但是最終仍統一使用前者。以此為部首的文字數量很少。

• **鼎：** 鼎（）是炊煮用的器具，具體形狀如左頁圖4-5。楷書中以鼎為部首的文字極少，較常出現在古代的會意字中，例如：具（）原本指雙手（）捧著鼎（）。

• **鬲：** 鬲同樣是炊煮用器具，商代時的字形為，其特色是比鼎還要粗的足部，具體外形如左頁圖4-6，而鬲的足部甚至是中空的，可以讓液體流入。

• **豆：** 豆是可以盛裝食物的高足食器，商代字形裡，上方橫線是表示食物

◀鼎的字形演變。

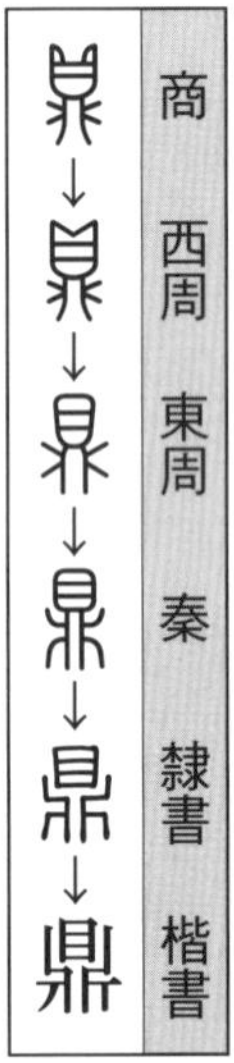

◀鬲的字形演變。

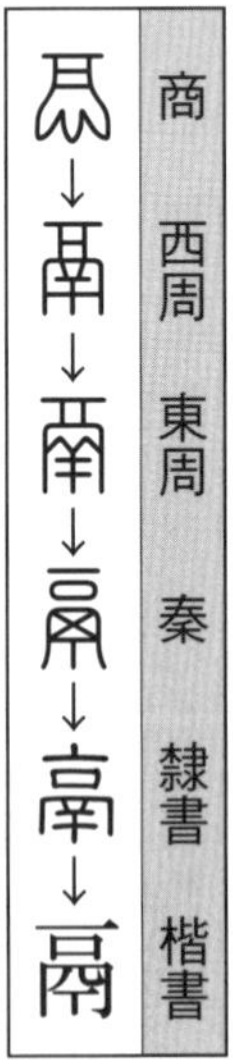

的抽象符號，其他部分則是食器本身的形狀（也有未表現出食物的異體字豆）。順帶一提，另外還有凸顯食物的皀（⿱亼豆）。

豆後來引申為植物中的豆類，作為部首造字時，便與其本義或豆類有關，但是數量也不多。字形相似的壴（按：音同助），則是太鼓的象形，兩者起源不同

▲圖 4-3　青銅製戈，仍保留一部分未腐蝕的槍柄。（出處：《安陽殷墟花園莊東地商代墓葬》。）

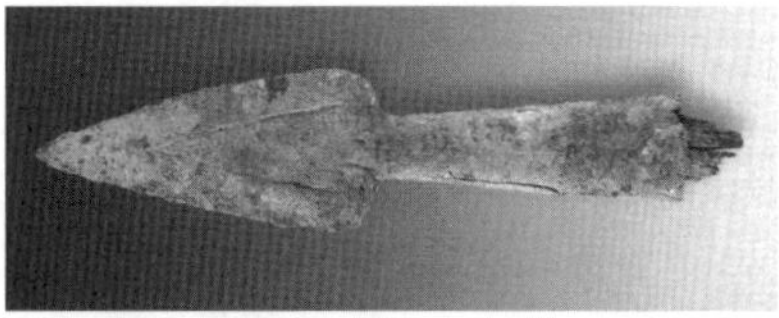

▲圖 4-4　青銅製矛，其刀刃較寬。（出處：《安陽殷墟花園莊東地商代墓葬》。）

▲圖4-5　用於炊煮的鼎。（出處：《考古精華》。）

▲圖 4-6　同為炊煮器具的鬲，其特色為粗且中空的足部。（出處：《考古精華》。）

（將於第六章介紹）。

• **鬯**：鬯（，按：音同唱）是有香氣的酒，所以字形由酒器與香草組成（小點即為香草）。從現有資料來看，東周與隸書時期只找到簡化過的字體，但為求方便還是放入表中。

鬯作為部首造字時，主要用在香氣濃盛的酒上，不過數量很少（按：在臺灣《異體字字典》中僅收錄十一字）。其中以鬱最常見，本指因香酒而平靜的心情，轉變為壓抑的情緒。

• **斗**：斗（）是柄杓（按：撈出液體的器具），後來才變成體積單位。斗作為部首造字時多與測量有關，像是原本指測量米（穀物果實）的會意字料。字形方向在東周至秦代期間稍有變化，到了楷書時局部分離。

順帶一提，斗（）中加上小點，就變成裝有液體的勺子升（），兩者最初互為異體字，後來才轉變字義，成為不同單位。

• **龠**：龠（按：音同月）是笛子的象形，但並非指需要用手指按住氣孔的單一樂器，而是將不同音階的笛子綁在一起吹奏。音樂演奏是古代祭祀禮儀中的重要環節，不過龠部的字仍不多。龠在商代的字形是，西周時上方多了「亼」，目前尚不知道這麼做的原因。

楷書龠共十七畫，是漢字中筆畫最多的部首。

•卜：卜（ㅏ）指甲骨占卜中的裂痕，因此作為部首造字時會與占卜有關。此外，甲骨占卜最初只是單純的占卜，到了商代才成為固定舉行的儀式。具體來說，是事前在甲骨背面加工，刻意使甲骨出現裂痕。甲骨龜裂象徵吉兆，出現直線時是吉（），直線特別長時為大吉（）。

◀由右至左，依序為豆、鬯、斗、龠、卜的字形演變。

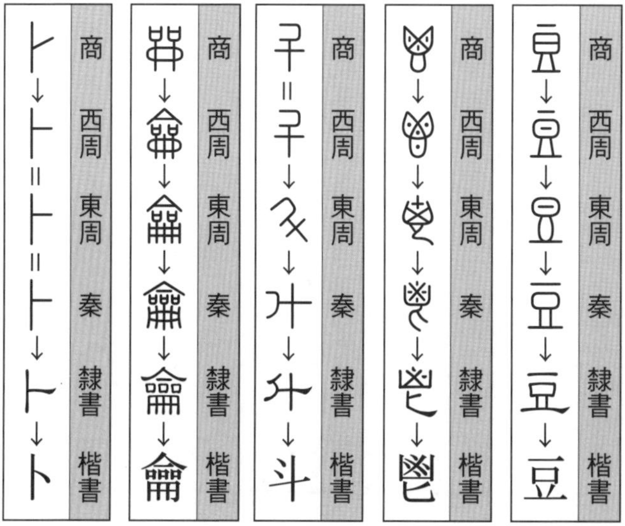

一第五章一

寫進文字裡的建築與自然

漢字當中表示單一對象的象形字稱為「字素」（又稱單體字），本章要介紹的就是前面四章末提到的字素部首。

具體來說，是與自然、建築與土木有關的部首。與自然有關的部首包括太陽「日」、土堆「土」等；建築物與土木則有家屋「宀」、十字路口「行」等。

此外，部首中也有以抽象符號表達的字，這部分將在小單元中解說。

而經過分化或同化的字素，將在第七章進一步說明；起源眾說紛紜、目前無定論的部首，以及追求方便而創造的部首則放在第八章。

•日——關於太陽的各種解釋

「日」是太陽，作為部首造字時也有相同意義，例如：以央為聲符的形聲字映，指日光燦爛；晴字中的聲符青，同時也是象徵青空的亦聲。

昇本義指太陽升起，後來泛指所有上升的狀態；景本指日光，並衍生出景色的意思；暗象徵隱藏起來的太陽，所以以日為形符。

代表太陽熱度的暑、暖，一樣是以日為形符，聲符則分別為者、爰。

單獨使用時，日則從太陽衍生出天數、白天等意思，日部的字中也能看見相同的用法：與天數有關、以太陽位置表現時間如昨、時、昧、晚等。其中，昧的本義是早晨，後來轉指昏暗（如蒙昧）；而晚原指日落之時，但是現在也用來代表夜間。

早也是表示早晨的文字，但是至今尚無法解釋其形成原因。從近年考古挖掘出的東周竹簡中，可以看見以日為形符、棗為聲符的字形，由此判斷早字下方的十，很可能是非常極端的省聲案例，後來才廣泛用於早期等意思。

星的演變過程則較為複雜，原本代表星星的文字是晶，以複數個日表示繁星。雖然當時的人們尚未具備星星與太陽同為恆星的知識，但從結果來看，這樣的表達方式十分符合今日的科學研究。後來，晶加上聲符生變成曐，最終簡化為星。

字形方面，雖然形狀最接近太陽的是商代的⊖，然而，在甲骨上寫和雕刻圓形有一定難度，所以比較常見的是⊟。後來，中央的點變長（⊟），就一路演變成楷書的日。

至於中央的點所指何物？有人認為是太陽上的黑點，也有人認為這個記號示表示太陽是實心並非空洞，但至今仍不知曉正確答案。

●雨——零與震，原本都指氣象

「雨」是表現雨水從天空降下的模樣，商代較常見的寫法是，長橫線是天空、短縱線是雨滴。不過，被保留至後世的寫法是複雜化的異體字，經歷篆書雨之後，最終成為楷書的雨。楷書中作為部首放在文字上方時，會微微變形成。

雨部的文字多半與降雨有關，舉例來說，零原本指下小雨，後來轉用為降下、零散等意，甚至進一步成為數字零的翻譯。

此外，本義是雷鳴的雷，本來是以畾為聲符，並寫作靁，局部省略為田後才成為今天的樣子；電本指閃電，楷書將聲符申稍作變形，而申原本的字形就代表閃電，所以是兼具意思的亦聲。

後來，雨部廣泛用於與天候相關的文字中，例如雲、霜、霧、露等。

而代表沙塵暴的霾字，是黃沙瀰漫的中國北部特有的天候現象。霾在商代時寫作，上方是雨、下方是貍。至於為何用貍的象形字表現沙塵暴，原因眾說紛紜，至今仍無明確解答。由於貍的象形文字消失，所以至今的貍字並不具備最初的圖形特徵。

震（）在商代時的字形以止（）為形符，聲符為辰，代表心理上的震撼，

▼日的字形演變。

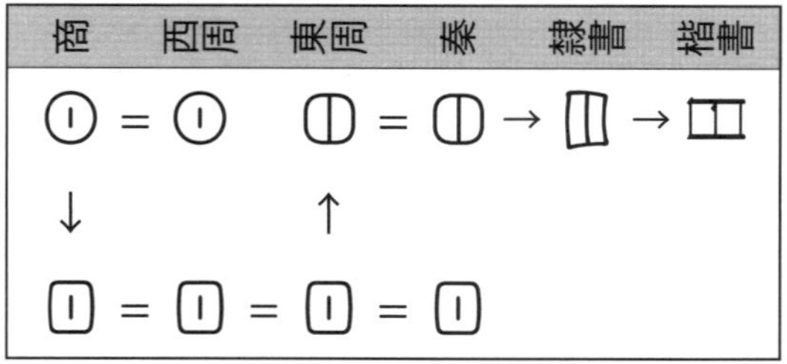

▼雨的字形演變。

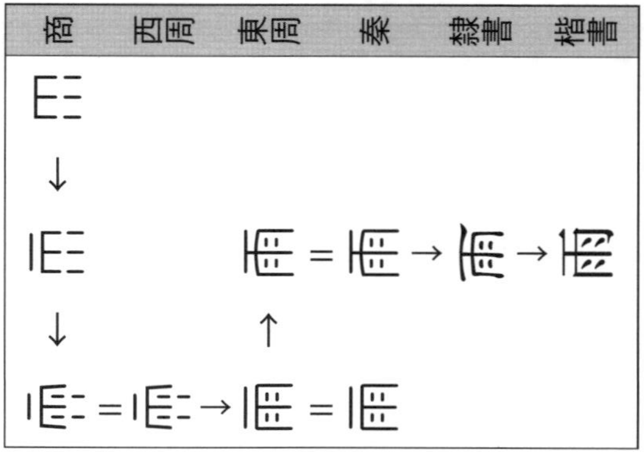

後來才延伸至大氣震動，形符便被雨取代。

靈最初的部首也不是雨，而是下方的巫，指神祇或精靈。但後來楷書並未將巫視為部首，所以《康熙字典》便將其歸類在雨部。上方的霝為亦聲聲符，是表示祈雨儀式的會意字。

◀申、靈、震的甲骨文字形。

申  靈  震 

•土——城與壁，都是用土打造而成

「土」是土堆的象形，商代時寫作Ω，橫線是地面、上方的橢圓形即為土堆。後來橢圓形經過簡化就變成土，楷書土就繼承了這個寫法，且放在偏旁時會稍微變形成土。

作為部首使用的土擁有豐富的解釋，首先從物理角度來看：「塊」最初指土塊，後來逐漸指所有塊狀物；「型」起初為土製的模具，後來泛指格式。

此外，土也在許多與地面有關的文字中作形符使用，像是地、坂等。「均」原指整平地面，後來廣泛用在平等這個含意上；另外也有與挖掘有關的埋等字。

土當然也用在象徵土地的文字中，例如場、境等。因開墾土地而造出的文字「墾」，當然也是以土為部首。

古代中國的土木工程會用到大量的土，他們從黃河運來細緻的泥沙，使其凝結後打造堅固的建築物。這種工法稱為「版築」，依此方法建造的城牆能夠屹立不搖數百年，有些甚至長達數千年。世界上現存最古老的版築城牆，在商代前期

▲圖 5-1　鄭州保留至今的商代城牆遺跡。
（出處：《中國的考古學》卷頭圖。）

的首都——鄭州，距今三千五百年前建設（見上頁圖5-1）。

因此，城、壁自然也以土為部首，而聲符分別是成、辟。由於古代中國將版築城牆圍在都市四周，所以城指都市；而「基」代表用版築工法建造的地基，建於上方的大型建築物稱為「堂」。

•山——岐，源自於道路岔開的山

「山」是連綿山脈的象形，作為部首造字時涉及山與山地，像是嶺、峰等形聲字。此外，岡字乍看之下形符是网（罒），但實際上是山，罒是聲符。

以嚴為聲符的巖，最初指山裡的石頭，也就是岩石，同時造有會意字岩；島是鳥的省聲，但也兼具「候鳥棲息於海中之山」的意思，屬於亦聲。但異體字嶋、嶌則並非省聲。

山部中字義出現變化的字，像是以朋為聲符的崩，原指山崩，後來廣泛指所有崩塌；峽本義是夾在山之間的土地（如峽谷），現在也用於海峽。其中聲符夾是挾的初文，同時也屬於亦聲。

崇表示高山，如今可以形容所有高大的事物，並引申為尊敬。聲符宗代表祭祀祖先的宗廟，本身就有尊敬的含意，所以屬於亦聲。

密指叢林茂密的深山，後來轉用在聚集、隱密等情形中；崎本指山的險峻，並引申為河岸，在日本則可以指岬角。

岐字源自於岐山的名稱，於周代建立，同時也是日本地名岐阜（按：位於日本中部的東海地區）的由來。由於岐山有兩座山峰，所以岐字延伸出分岐的意思。聲符支本身就有分岔的意思，所以屬於亦聲。

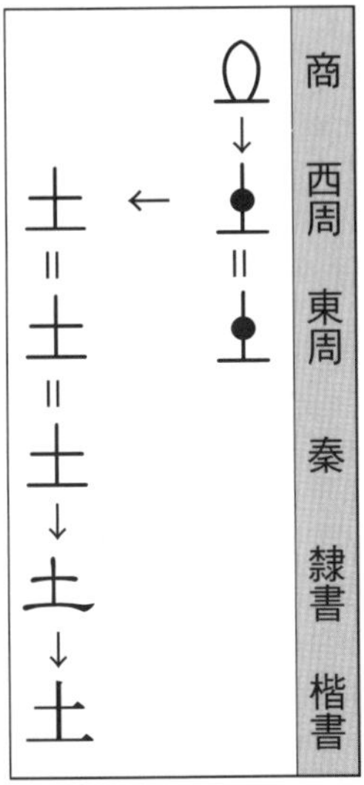

◀土的字形演變。

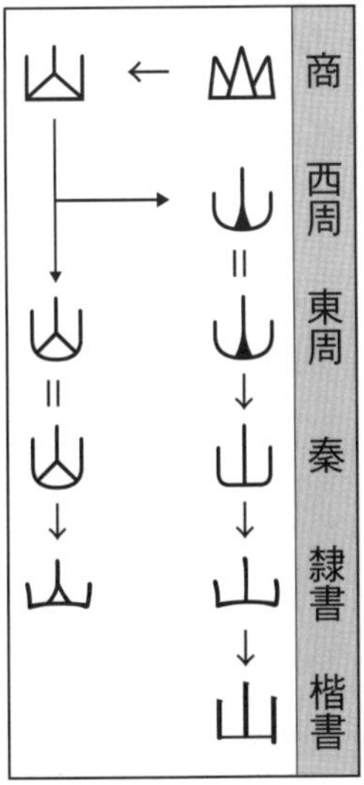

◀山的字形演變。

字形方面，商代時寫作□，一眼便可看出山的形狀，但是後世將其省略成□，後來又演變成□。在兩者並行的情況下，又演變出更簡單的「□」。這兩個系統均沿用到隸書（□、□），最終在楷書時統一成山。

•火（灬）——熊，最初指大火燃燒

「火」是火焰燃燒的模樣，在商代時寫作□，但是，流傳到後世時，卻簡化成□。後來，經過少許調整，在篆書時變成了□，並發展為楷書火。

放在偏旁時，會變形成□。擺在文字下方時則多半寫成「灬」，這是因為隸書時期把將火字的四個筆畫全部簡化成點狀的灬。

火作為部首造字時與火、熱有關，如燒、煮、熱、爐等；燃的聲符然本指用火烤狗肉，所以屬於亦聲。古代中國廣泛飼育食用犬，會將狗當成食物或祭品。

以孰為聲符的熟，最初指燉煮，後來引申為成熟；焦使用了雥的省聲隹，代表焦黑，後來延伸出憂心、急切等意。

其中較特殊的文字，如庶，商代時以火（）為形符、石的初文（）為聲符組成（），原本指用火的儀式。但是，商代時代表庶民的字——三個人加上庶的異體字——「」漸漸沒人使用，所以被庶取代。後來，石的初文也被石的異體字厈取代，才正式變成庶這個字形。

灬有時會與其他字形同化，且不一定與火有關，例如魚（見第七十七頁）、烏（見第七十四頁）等。至於熊字，原本就指火燒得很大，所以才會以灬為形符。

另一方面，熊最初的象形字是能，在商代寫作。楷書時改變其方向，形狀如月的部分是熊頭、右邊的匕則是熊腳。後來，能字開始用於可能、能力等詞，才改以熊字代表熊這種動物。

▲庶、能的甲骨文字形。

• 宀——屋頂上方的宇宙

接下來要介紹與建築、土木工程有關的部首。首先是宀，在商代時寫作「∩」，代表住宅——左右兩邊為牆壁，上方是屋頂。東周時，字形更強調屋頂的最高處（∩）。演變至隸書宀則減短縱向的筆畫，最終變成楷書「宀」。

以宀為部首的文字與住宅有關，如宅、室等。此外，也有許多意思改變的文字：容的本義是收納於建築物中，後來才泛指容納，並衍生為內在（如內容）、外表（如容貌）等；寄本來指躲進建築物，並延伸出依附、寄送等意。

「宇」原本代表屋簷、屋頂，「宙」則指屋頂使用的木材。由於兩者均在住宅上方，後來便用來指高空中的宇宙。

「寮」本來指公家機關，在現代日文則指宿舍；「寫」是由形符宀與聲符舄組成，本義指挪動住宅中的物品。

宀也用在許多會意字中：「安」指女性平靜的待在住宅裡，形容安穩；「字」

則是孩子待在住宅中，表示懷孕、生子，象徵子孫滿堂。由於漢字是將既有文字組合成新字，後人便將形容子孫滿堂的字，賦予了文字的意思。

而「宗」由宀與祭祀相關的示組成，即祭祀祖先的宗廟；「宿」則是宀、人及墊席組成，而墊席的形狀在楷書中與百同化。

寶字看起來相當複雜，指住宅中有貴重物品貝與玉（王），其中的缶則是聲符。不過，缶（見第一五五頁）原指土器，所以同時也有寶物的含意，屬於亦聲。

◀火的字形演變。

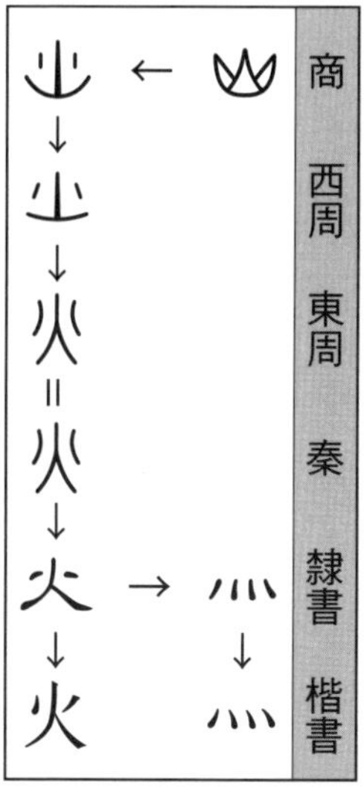

◀宀的字形演變。

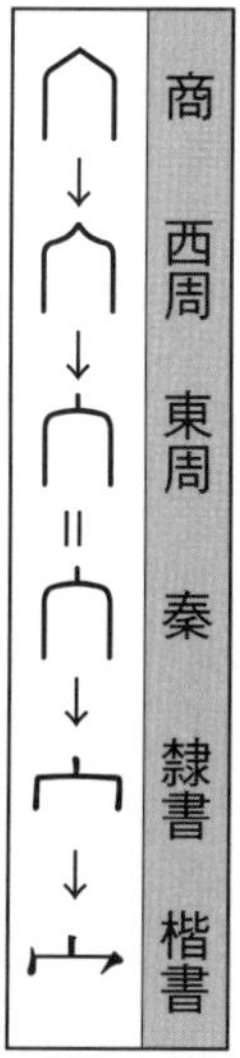

•广——南側沒有牆的建築物

「广」同樣是住宅的象形。商代時寫作，比宀（）少了一邊的牆壁，因此，有人認為應指簡樸的房子。然而，由於後述的廣與廳也用到了這個部首，广反而可能源於宏偉的建築物。

在古代中國的君臣禮儀中，君主會坐在位於北方的巨大殿堂裡，朝南方接見中庭的臣子。因此，殿堂的南側確實沒有牆壁。

由於字形與意思和宀相近，兩者有時會交替使用。例如表示寬敞建築物的廣，在商代寫作，是以宀為形符。西周時出現以广為部首的，並繼承至楷書。如今意思也有所變化，多用來形容面積寬廣。

其他形聲字還有店、廊等，也都可看出广與建築物有關。

以广為部首的文字中，也有不少聲符屬於亦聲。舉例來說，「廳」代表君王處理政務的廳舍，聽除了聲符功能外，也有聆聽政務的意思；「座」本指建築物裡的座位，而聲符坐就是指坐著，自然屬於亦聲。

而字義改變的文字，例如：府原本指倉庫，後來衍生為公家機關，並用於行政區劃中（按：如清代的臺北府）；廢本義是損壞的住宅，後來才延伸出衰落（如興廢）、中止（如廢止）等意；序最初指圍牆，後來透過假借有了順序的意思。

字形方面，後世繼承广為了強調住宅單側無牆的特徵，隸書時並未像宀一樣減短筆畫，所以楷書广才沒有演變為蓋子般的字形。

•戶與門——古代中國的建築文化

「戶」是單邊的門，由於古代還沒發明鉸鏈（按：連接兩個固體，使兩者可以轉動的機械裝置），所以會裝上門軸讓門板旋轉，因此商代的字形寫作日，左邊較長的直線就是門軸。

秦代時字形大幅變化，演變為戶，並沿用至楷書；日本新字體寫作戸，則是源於隸書的戸，兩者同樣是歷史悠久的字形。

戶作為部首造字時，與門和住宅的結構有關，例如扉、房等形聲字。

另外也有用於會意字的案例，像是扇，原本指門像鳥翅膀一樣開闔，後來才衍生為扇子；此外，戾原本是形容狗從戶下方鑽回家的模樣。

將兩個戶擺在一起，就形成了門（𨳇），代表兩側都能開啟的門。中國自古以來，就會在宮殿南側建造巨門（稱為南大門），這種建築風格也影響了日本的佛教建築。

字形方面，門一直到楷書都保有古老字形的特徵。西周時曾出現稍微變形的異體字𨳇，並在秦代篆書時演變為門，但並未發展至楷書。

以各為聲符的閣，原本指固定門

▲广的字形演變。

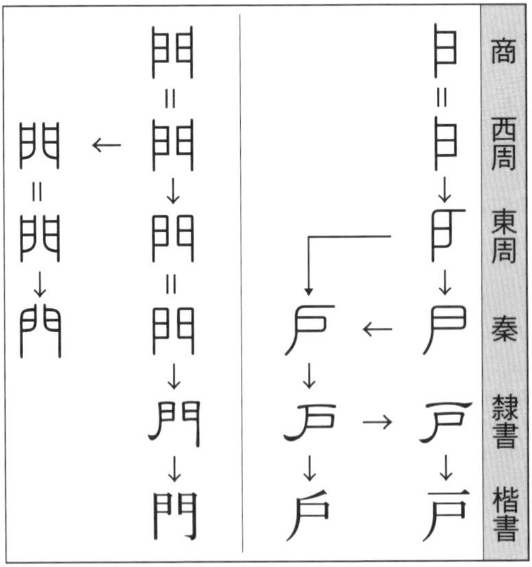

▲戶與門的字形演變。

板的木材，如今可以指高樓建築或公家機關，如內閣；以伐為聲符的閥，本義是豎立在門邊、寫有自身功績的柱子，後來轉變為門閥、派系（如軍閥）等。

以門為部首造出的會意字，則有開、閒、間等。開是門與代表門閂的橫線，以及表示雙手的廾組成，意思是用手拉開門閂，楷書將橫線與廾合併成开；閒代表夜裡透過門縫看見月光，間則是指陽光照進門縫。

• 行與彳——「徑」很近，「彼」很遠

「行」在商代寫作卝與[illegible]，代表十字路。在楷書中，行作部首使用時，多半拆為左右兩部分書寫。

行字有去、走的意思，造字時則多半與其字源——道路——有關。例如，街本指十字路的交叉點，後來轉用於街道、城鎮；術本義是穿越都市中的道路，後來改用在技術、方術（按：泛指醫學、卜筮、星相等）。

行作為部首時，有時會僅保留單側的彳（彳），也兼具道路、去等意思。舉例

來說，徐以余為聲符，代表慢慢行走（如徐行）；循以盾為聲符，本義為跟著前進，後來轉用為環繞（如循環）。彳雖然源自於行，但字形與彳相近，所以又稱為「雙人旁」。

此外，徑本指狹窄的道路，後來才衍生出捷徑、直徑等用法；彼本來指前往遠方，如今則可以代稱遠方。

彳除了象徵步伐與緩行，也能作為一種抽象符號，用來表示行進，因此也有初文加上新要素而變得更複雜的情況。例如征，本義指征討，而聲符正本來便具有這個意思，在商代時寫作，由表示四周城牆的丁（口）與朝著都市前進的足形止（）組成，表示向都市進攻。但是，正後來轉用在正義、正月等意思，所以後人添加象徵行進的彳，打造出「征」。

同樣的，復本來的字形是聲符复（），由一種酒桶與朝下的足部夊（）組成。關於复的字源眾說紛紜，有一說是撤下獻給神明的供品，另一說指有腹地的穴居，後來用以形容返還、恢復，加上彳後才變成復。

•田——一樣都有田，來歷卻不同

「田（田）」是中間有區隔的四邊形耕地，字形從商代直到楷書幾乎都沒有變化。西周至秦代時曾出現有弧度的⊞，但隸書之後就沒再使用，所以並未保留到楷書。此外，商代時的異體字田也並未流傳下來。

在日本，有水田與旱田之分，旱田寫作畑，是和製漢字，表示燒墾（按：透過燃燒開闢耕地，將原生植物的灰燼作為作物的肥料）。

以田為部首的文字，有許多意思已經改變，例如：畔本指田與田之間的田埂，後來演變成湖畔；町的本義是田間的道路，傳到日本後變成長度與面積的單位，所以也衍生為城鎮（如西門町）。

◀正、复的甲骨文字形。

界原指田與田的邊界，後來泛指所有邊界；當的聲符為尚，原本的意思是符合田的價值，因此才會衍生出相當於的意思。

畿代表君王的直轄地，不過這裡指的是領地，而不是耕地，聲符是幾的省聲，少了左下角的兩畫。

由於田的形狀單純，所以有時也會與其他起源的字形同化。例如：魚中的田代表魚鱗；雷（見第一六八頁）原本的聲符是「畾」，簡化過才變成田；畜在商代寫作，下方是裝了物品的袋子、上方是線的象形幺（），指被綁住的袋子，表示蓄

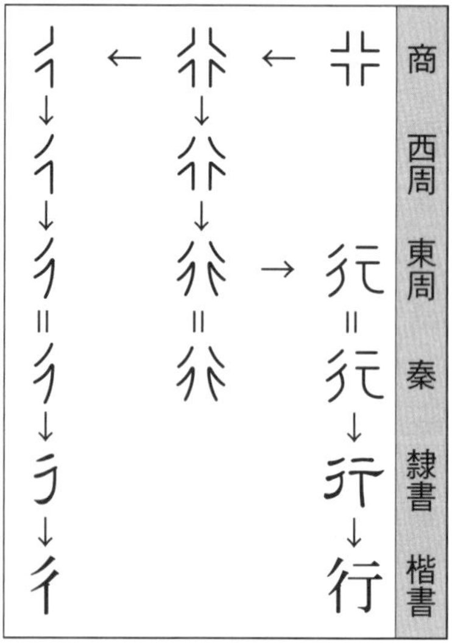

▲行與彳的字形演變。

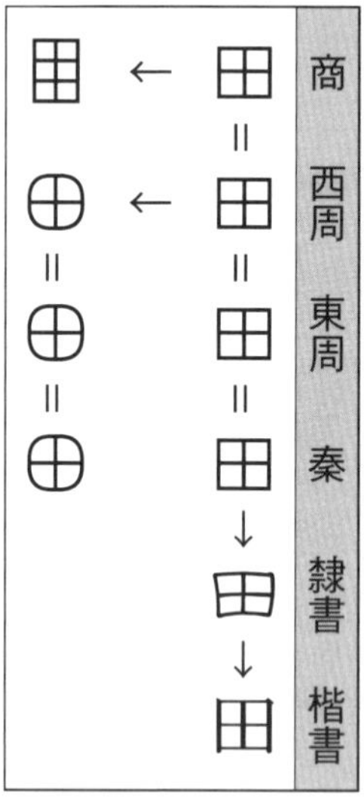

▲田的字形演變。

物。後來，幺字變成同源字玄，下方則簡化成田，所以楷書時就發展成畜。原本的意思是儲蓄，由於後來卻轉用於家畜、畜牧等，才在原本的畜字加上艸（艹），繁化為蓄。

思則是較晚造出的文字，原本由代表人類頭部的囟與心組成，在篆書中寫作。後來囟變形成田，如今才寫作思。

◀畜、思的甲骨文字形。

部首的誕生

其他字素部首

本章介紹了與自然、建築、土木有關的部首，小單元也將按照這個順序介紹其他部首。

●冫（仌）：冫（⺀）是簡化自冰的象形仌（仌）。有人認為仌是冰的結晶，有人則認為是冰裂開的模樣。由於氵被稱為「三點水」，所以只有兩點的冫也被稱作「兩點水」，但實際上，其起源與表現河流的水（氵）完全不同，且作為部首造字時，主要與冰、冰冷有關，像是凍、冷等。

在商代的考古資料中，並未出現代表冰的文字，應該是因為當時黃河流域的氣候仍溫暖得足以供大象棲息，所以沒有這個造字需求。此外，冰是仌的繁化字，以水為形符、冫為聲符（亦聲）。

•入：入（𠆢）是屋頂亼（亼）的上半部。以入為部首的文字不多，其中，全在古代的字形是仝，表示建築物落成。

•高：高代表兩層樓的高聳建築，初文寫作亼冂，其中的冂是一樓。另外也有在建築物中放入器物的異體字「亼冋」。以高作為部首的文字極少。而高的異體字「髙」則充分保留了古老字形的特徵（髙）。

•凵：凵（凵）是地面上的洞穴，但是，西周時造出穴（見第二〇八頁）表示洞穴，所以以凵為部首的文字不多。由於形狀單純，所以也會

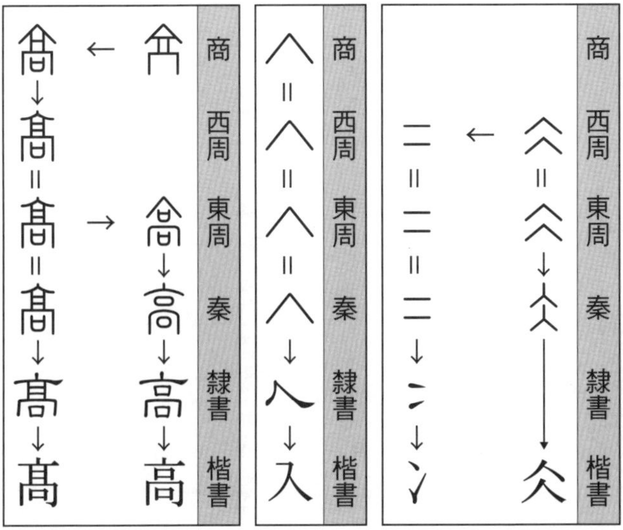

◀由右至左，依序為入、入、高的字形演變。

與其他起源不同的類似形同化。例如，函字中有凵，但函字是將箭矢（）收進容器（），所以兩者起源並不相關。

• 一：只有一條橫線，是代表數字一的記號，自商代就是一的形狀。此外，在為楷書字形編列部首時，經常為求方便而將有橫長筆畫的文字編入一部中，例如：「不」本來是花萼的形狀（）、「且」則是砧板的象形（）。

• 八：八（）是以抽象的方式表示分開的物品，後來假借為數字八。分（）就是將八字擺在刀（）尖，表示用刀切開。

楷書有時也會將代表雙手的廾拆開，寫成八的字形。舉例來說，兵（見第一一八頁）和具（見第一六〇頁）在《康熙字典》中，就為求方便而歸類在八部。

• 十：代表數字十的記號。最初只有直線（丨），後來加上圓點，變成。楷書十則是繼承將圓點改成橫線的版本。十作為形符造字時，表示大量，相關文字如博、協（如協力）等。

十的字形單純，所以也會與其他字形同化。舉例來說，「午」本來是幺的分化字、「升」本來指用杓舀起液體的樣子（見第一六二頁）。

•**小**：商代寫作小，是以並列的幾個小點，抽象表現相對小的物體，與「少」的起源相同。

•**口**：口（口）是抽象的表現領域。例如圖，就是在領域中放入象徵倉廩的啚，本義是版圖；國也有用到口，表示國家的領域。此外，口也會用於表示包圍或圓形物體（如團）等文字中。

•**匸**：匸（乚。按：音同係）表示隱藏，原本是用於分區的記號。例如：區是將多種器物（ㅂ）擺在一起後加以分類（品）。後來，因為字形與匚（按：音同方）相近，隸書時曾

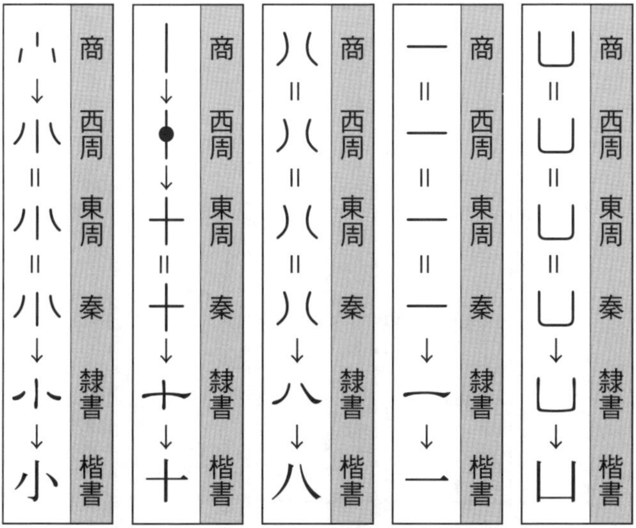

▲由右至左，依序為凵、一、八、十、小的字形演變。

暫時同化，直到楷書才刻意區分。

•襾（襾）：襾（襾。按：音同訝）表示覆蓋物，如聲符為復的覆。這是秦代時創造的部首，使用的文字極少，作為部首時，形狀近似西（襾）。雖然《康熙字典》把字形相似的西、要均編入襾部，但是兩者在商代時的字形分別為、，起源完全不同（前者是袋子的形狀，後者是強調腰部的人體）。

•彡：彡（彡）原本是用來表示聲音、光線與香氣的記號，所以用在代表太鼓聲音的彭、本義為日光的影等字中，多半擺在文字右邊。後來轉

◀由右至左，依序為口、匚、襾、彡的字形演變。

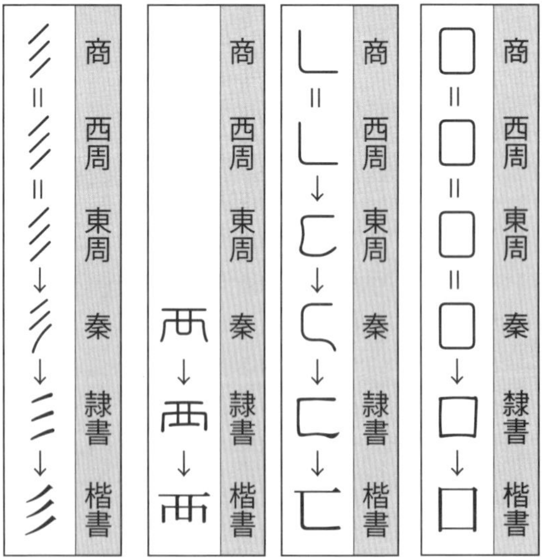

用於表示頭髮、裝飾，所以出現了代表長髮的髟、代表花紋的彣等（髟是獨立的部首，詳見第七章）。

• **乙（乚）**：乙（⺄）是表現彎曲物品的記號，有時會使用異體字乚，例如亂，其中的乚代表絲線，指整理混亂的絲線，後來引申為收納與混亂兩種意思，但是只有後者沿用到現代。

▼乙的字形演變。

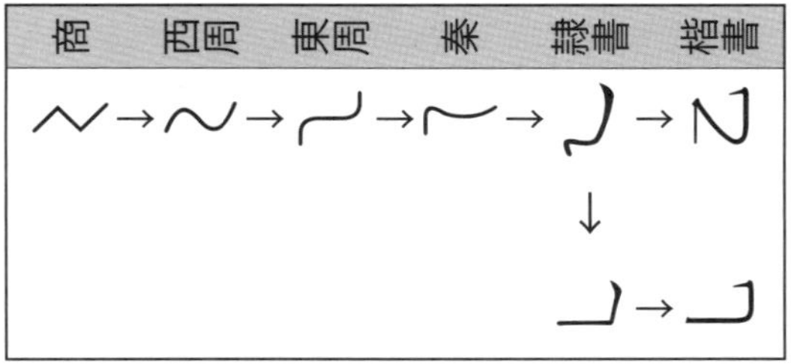

第六章

合體字的由來

漢字中兩個或以上文字組成的字稱為合體字，包括會意字及形聲字。有些概念是在合體字出現後才有辦法表現出來，所以合體字偶爾也會作為部首使用。例如「疒」，是床與人組成，象徵與疾病有關的事物。此外，有不少文字已經捨棄最初的字素字形，並以合體字的形式流傳至今。舉例來說，原本金屬的象形字是「呂」，但是作為部首保留下來的卻是合體字「金」。不過，金字雖然是合體字，但在楷書中都已經變成無法分割的形狀。

本章要介紹的就是這些合體字部首，並依動植物、人體、人造物品、自然、建築、土木工程的順序說明。

●黍與麥（麦）——上流階層的喜好

雖然禾（，見第八十九頁）部會用在所有與穀物有關的文字，但是有兩種穀物例外，如今也仍被視為部首——黍與麥。

漢字誕生的黃河流域降雨量較少，農作物以黍、小米等旱作為主。由於黍深受商代上流階層的喜愛，所以當時有不少甲骨文字都與黍有關。

黍的象形字寫作，是黍穗朝兩邊下垂的形狀。由於黍的栽培季節是夏季（雨季），所以商代還有加上水（氵）的異體字（按：另有一說指水形為小密而多的黍實），流傳到後世的即是這個字形。西周時以禾取代了黍的象形（），到了篆書時，禾字變得複雜（），並發展至楷書。此外，東周與隸書時期，也都有出現將水換成小點的簡化字體。

比黍、小米還要晚引進的是麥，麥與馬同樣來自西方，並在相同時期

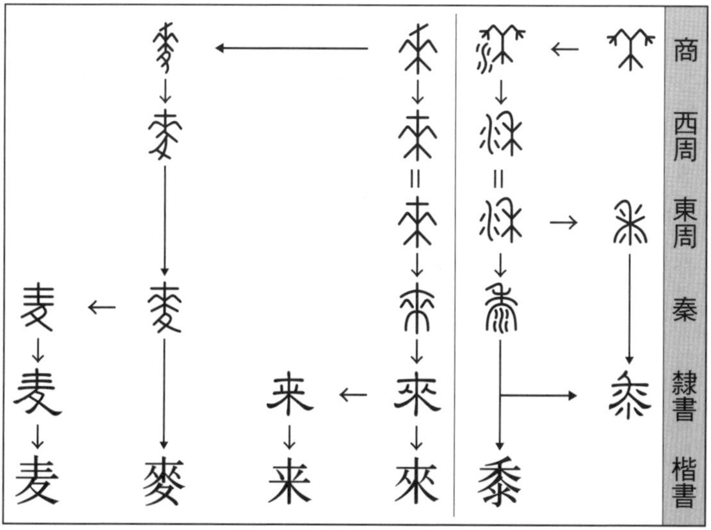

◀黍與麥的字形演變。

傳進中國。商代栽種麥的人不多，直到西周時才開始普及，形成夏季種黍與小米、冬季種麥的習俗。由於春秋時代的上流階層更喜歡麥，所以這時期關於麥的記述增加許多。

麥起初的象形來，在商代寫作來，上方是麥穗、曲線則是麥葉。但是，由於來被借用為「過來」，所以後人便在下方加上朝下的足形夊（夊），變成了麥（麥），以表示麥這種作物（按：一說所增足形乃指麥為天之所賜，或形之）。

字形方面，來的楷書寫法承繼商代的來，而日本新字體来則繼承自隸書時期的簡化字形（来）；楷書麥保有麥的形狀，新字體麦則反映秦代經簡化的麦。作為部首時會稍微變形成⻨、麦。

•疒——瘦其實是病

「疒」最初的字形疒，是由床的象形爿（爿）與左右相反的人（人）組成，描繪人生病時躺在床上的樣子。當時還有加了汗水或血液的異體字（疒），雖然一度沿用至西周，後世卻沒有保留這個字形。

東周時，字形結合成「[illegible]」，才發展成至今的楷書。楷書疒中，亠指人類的頭部與手部，其他部分是身體、足部與爿融合而成。

秦代篆書曾採用更簡單的字形[illegible]，但是楷書並未保留這樣的特徵。

以疒為部首的文字，包括與疾病有關的疲、痛、瘦、症等，而代表疫病（流行病）的疫，是以役為省聲的形聲字。

此外，疒部也會用在表示具體病名與症狀的文字上，像是痘（天花）、疹（麻疹）、痢（腹瀉）、瘤（腫塊）等。

當然，也有字義已經改變的文字，例如：癖原本是指腹部疾病，後來轉用為習性；疾雖是疾病的通稱，但是也假借為快速（如疾風）；病本指疾病惡化，現在已經代替疾，泛指任何疾病。

療這個字則有較特殊的發展過程。療在商代時寫作[illegible]，是由爿（[illegible]）、手形又（[illegible]），與樂的初文[illegible]（相當於[illegible]）組成。但是，出現樂字的原因仍不明，不確定是代表投藥，還是讓患者放鬆。異體字[illegible]則是將[illegible]下方的木改成人。

由於西周與東周的資料中，都找不到疒的相關敘述，所以無法推測這段期間字形的演變過程，只能得知秦代篆書出現了由疒與樂（）組成的會意文字𤻲（）。後來以尞取代樂字，才形成楷書的療，從結果來看是轉化成了形聲字（𤻲仍作為異體字保留）。

• 鬼——魂升天，魄墜地

「鬼」本指亡者的靈魂，在商代時寫作，上方並不是象徵耕地的田，而是表示亡者的面容，加上下方的儿（）便是亡者的全身。另外還有使用坐姿的異體字。

西周時以由（）取代鬼的頭部（）；東周則時則在背部加上記號，打造出，目前推測這個記號代表靈魂。秦代融合了兩者的特徵，篆書則將記號改成類似型的厶（），所以楷書鬼才會由由、儿、厶組成。鬼寫在部首時，偶爾會稍微變形成鬼。

鬼後來又多了異形、怪物等意，因此，它作為部首造字時，多與靈魂、怪物有關。

與靈魂有關的文字，如魂、魄，聲符分別為云、白。魂是主宰精神的陽氣，魄是主宰肉體的陰氣，所以古時的宗教信仰認為，人死後魂會歸天、魄則會入地。

與怪物有關的文字則有魑、魅、魍、魎等，其中魑、魍、魎原本造字時表示怪

▲疒的字形演變。

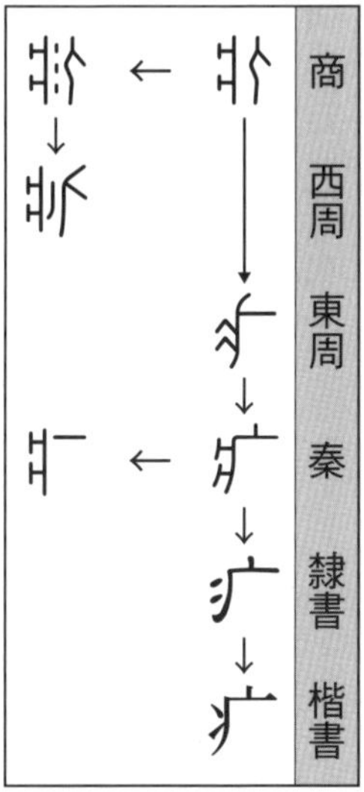

▲鬼的字形演變。

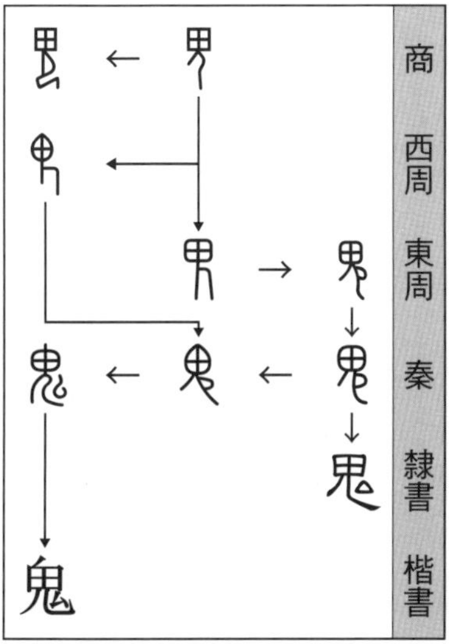

物，魅本來的字形是鬽，象徵鬼的毛，後來轉指怪物，而表示用來毛的彡則被未取代。此外，魔的上側是聲符麻，是較晚造出的文字（按：魔來自佛教文化，本譯作磨，梁武帝另造魔字）。

醜字中也有鬼，原本的字形是「」，代表捧著酒樽酉（）祭祀鬼魂（小點代表裡面有酒）。後來，鬼的字義改變後，醜就被解釋為以鬼為形符、酉為聲符的形聲字，有了憎恨的意思，並衍生為醜陋（最初意思時的讀音不明）。

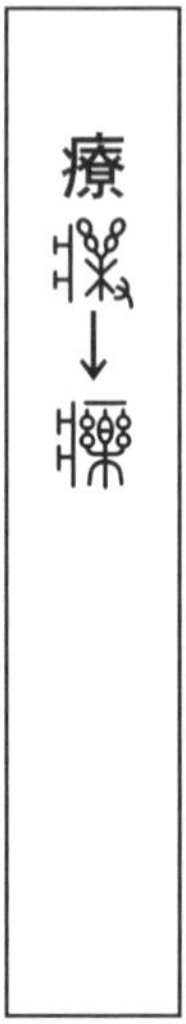

◀療的甲骨文字形。

◀醜的甲骨文字形。

•頁——人頭的象形字

「頁」是強調人頭部的象形，商代字形就是首（）與坐著的卩（）組成。當時並行的字形還有，使用了首的異體字百（，見第一三一頁），傳承至

後世的就是這個版本。

秦代篆書，以站立的儿代替卩，隸書時則將儿變形為八（頁），並發展至楷書。因此，頁的下方雖然看似貝，起源卻與貝（見第八十一頁）完全不同。

頁作為部首造字時與頭部有關，包括頭部的一部分，如頭、顏、頰、顎等。除此之外，也會用於與頭部動作或思考有關的文字中，例如：顧是以雇為聲符的形聲字，指回頭看，後來衍伸出回顧、顧問等意；以元為聲符的頑，則代表性格頑固。

亦有許多意思已經改變的文字：頓本義是磕頭行禮，後來轉指遭遇挫折或整理；頂本來代表頭頂，如今泛指最高處。

以原為聲符的願，原本指特別大的頭，透過假借才有了祈願的意思。而原本表示祈願的字，是以心為形符、元為聲符的，雖然東周時仍有在使用，卻沒有流傳下來，最終被願取代。

額原指額頭，後來才轉用於匾額、金額等；同樣的，題本來也是指額頭，而後衍生為標題等。

如前所述，漢字經常出現異字同義（異音同義），或是源自於不同方言的文字。不過，額與題的造字過程尚未破解，所以還很難找出兩者異字同義的原因。

•見與艮——看前還是看後？

「見」是表現出人看著某個對象的模樣。自商代起，字形就是目（）與儿（）組成的，並一路發展至楷書。從字義來看，則從單純的看，延伸為會見、見面。

作為部首造字時，且多半放在右邊和下方。形聲字中，就有以雚為聲符的觀、以監的省聲為聲符的覽。

從結構上看，「視」則經常被誤認為其形符是示（ネ），但實際上是見。

「覺」的聲符是𦥯（按：音同學），原指醒來，並引伸為察覺、領悟（如自覺）等；「親」的聲符為亲，原指親眼看見，並衍生為親自的意思，並進一步指親近、雙親等。

比較特殊的如「童」字，童原本的字形使用見（），表示頭戴冠帽的人坐在

土堆（[illegible]）上遙望遠方，屬於會意文字（[illegible]）。然而，[illegible]後來轉指奴隸（按：如今已無此用法），所以又加上袋子的象形東（[illegible]），表示運輸貨物（[illegible]）。之後的時期開始省略目字，並簡化其他的部分，最後才形成楷書的童。順帶一提，象徵兒童的文字，本來是以童為聲符的僮。

結構與見相似的部首還有艮。東周時的字形（[illegible]），是在左右顛倒的人匕（[illegible]）後面放上目（[illegible]），藉此表示看著後方的人，象徵違背。以艮為部首的文字非常少，但是經常用作聲符，例如眼、根、銀等字。

艮的字形變化很大，秦代篆書的[illegible]是由目與匕上下排列，隸書的[illegible]則將目簡

◀頁的字形演變。

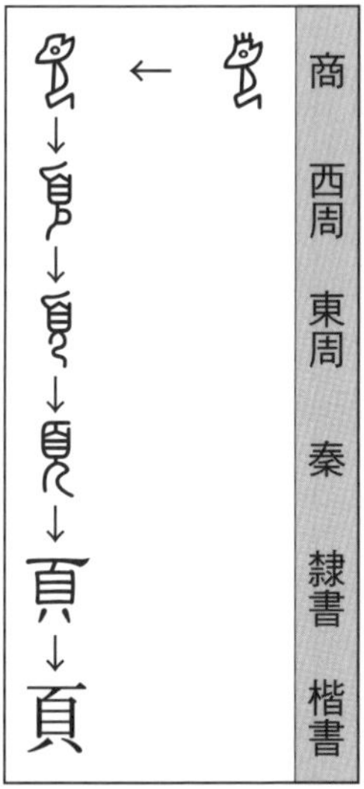

◀見與艮的字形演變。

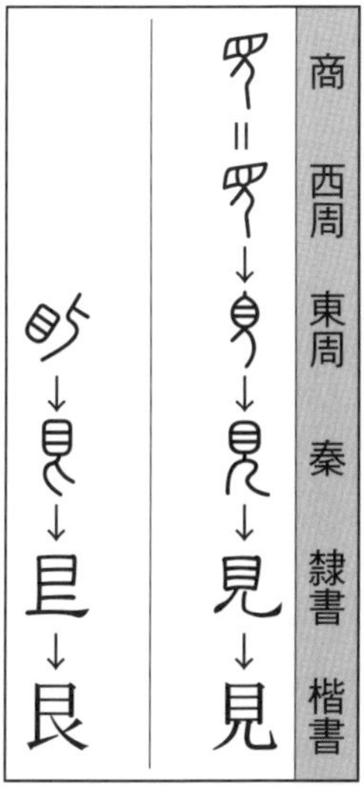

化為日。到了楷書時，艮連下方的匕都變形了。

此外，由於良與艮字形相似，所以被歸類為艮部，但兩者的起源不同。良在商代時的字形為，其意至今仍無統一說法，一說指建物向外延伸的廊道。

▲童、良的甲骨文字形。

・食（）——在「館」用餐是很重要的

「食」的下側本來寫作皀（），而皀是高足食器豆（，見第一六〇頁）上擺滿食物的模樣，再加上蓋子亼（，按：一說乃飲食者之口的倒形），就變成了食（），指用餐。

後世繼承了簡化字，並調整下方的字形；秦代篆書寫作，當時亦有簡牘異體字，並沿用至楷書。

從結果來看，下方字形已經變成皀字，但是兩者起源完全不同。

楷書將食放在偏旁時會稍微變形，寫成飠，是傳承自秦代簡牘文字。食作為部首造字時，自然與飲食相關，如飯、餅等。又如：館原本代表暫時的住處，後來衍生為供應飲食的場所，所以食（飠）就變成了形符。而聲符官原本代表軍隊的駐紮處，因此是本身具有意思的亦聲。

此外，食部也會用於缺乏食物的文字中，如飢、餓、饑、饉等形聲字。餌原指用穀物粉末製成糰子，後來轉指飼料；飽的本義是吃膩了，後來廣泛指滿足、飽足。

順帶一提，飾的形符乍看是食（飠），其實是象徵布的巾，聲符則是飼的初文——飤。意思則從用布擦拭轉變成裝飾。

• 金——從銅到金再到金屬

「金」最初不是指現代黃金，而是銅。古代中國在西元前兩千年左右，開始大量生產青銅器，因此，銅一直到西元前五百年左右都是最貴重的金屬。

在古老的時代，代表銅的文字是呂（呂），由兩個銅塊組成。後來，西周把呂簡化成兩個小點，加上形符土（土）與聲符今（今）——今（今）的省聲——打造出金。

當時還有異體字更換了點的位置，寫作金，後來便一路演變成楷書金。金放在偏旁時，會稍微變形為釒。

金的意思也隨著時間逐漸改變，因為戰國時代最昂貴的金屬，從青銅變成黃金，再加上黃金的加工技術普及，所以人們開始用金代表黃金，並以加上聲符同的銅字稱呼青銅。

此外，初文呂後來轉指脊椎，不再指金屬。如今尚未得知如此變化的原因，不過，據推測應是因為與脊椎形狀相似。

金作為部首造字時，廣泛運用在所有與金屬有關的文字，如鑄、鍊、鍛、鎔等；金也用在金屬名稱中，除了銅以外，還有銀、鉛等。其中，鐵的聲符是𢧜（按：音同秩）的省聲，屬於形聲字（但如今讀音已不同）；金屬製品的文字也大量使用金部，如鍋、鏡、鈴、鐘等。

字義產生變化的文字中，有原指壓住東西的金屬器具（如紙鎮）的鎮，因此衍生為壓制、制服；錢原本是金屬製的耒（農具），但是隨著戰國時代銅錢普及，且

▼食的字形演變。

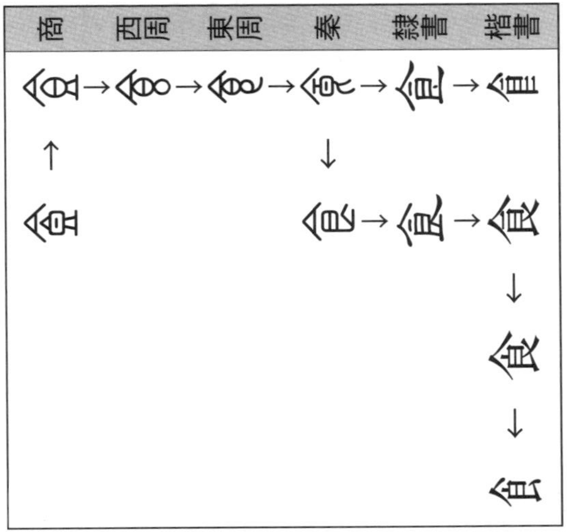

▼金的字形演變。

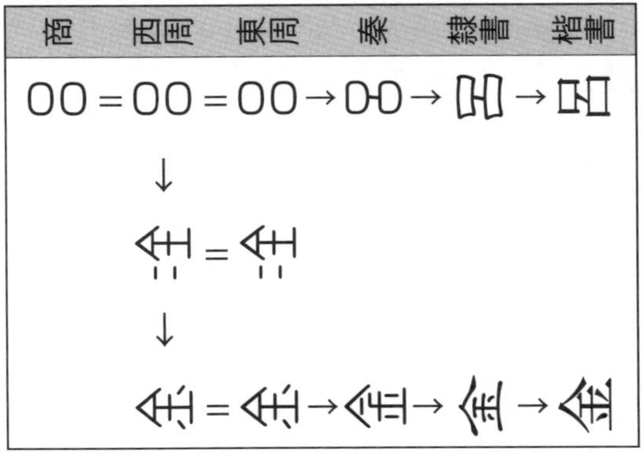

黃河中游地區也流行起模仿農具形狀的貨幣，所以就成了金錢。

銳與鈍本來指利刀與鈍刃，後來泛指稱所有銳利與不銳利。即使意思改變，但這兩個字仍保有相對的意義，這種情形相當罕見。

•穴——洞窟與窗都有穴

「穴」指建築物上的孔洞，西周時的字形穴，就是在住宅宀（⌒）中加上代表開孔的八字記號（八）。

後來，楷書沿用此結構，寫成了穴。由於穴部在楷書中多半寫在上方，會稍微變形成穴（嚴格來說，穴比穴更接近原始字形的穴）。

與洞穴有關的文字中，商代是以凵（凵）為部首，西周起才改以穴造字，如窟、窯等。其中，竈（按：音同灶）則是使用鼀（按：音同央）的省聲。

而代表窗戶的文字，初文是象形字囪，後來加上形符穴繁化，才變成窗（囪是亦聲聲符）。

意思改變的文字中，例如以至為聲符的窒，原指洞穴堵塞，後來泛指所有堵塞；以工為聲符的空，本義是鑿開洞穴，轉用為空心、天空等。

「究」本指手卡在洞裡，引申為極端、極致。聲符九源自於手彎曲的形狀，所以是兼具意思的亦聲；「竆」原本是究的異體字，以躬取代九，現在則視為獨立的兩個字。

形聲字中的異體字，多半是更改形符，例如：坂與阪、鷄與雞等。但是，也有少數更動聲符的案例，如前述的究與竆、梅與楳、糧與粮等。

• 辵（⻌）——適與述，都是前進

偏旁「⻌」與前進有關，獨立書寫時寫作辵。往前追溯可以發現，兩者都能夠拆解成象徵行進的彳（彳）加止（止），在商代時寫作⿰彳止。直到東周，彳（彳）與止（止）都保持分開（⿰彳止），秦代時才連接在一起，寫作辵（辵），以及左側與下方相連的⻌（⻌）。

當時，篆書主要使用辵，而簡牘文字用辶。隸書時將部首統一寫成辶，辵則被視為獨立的文字。

辶部的文字中，最一目了然的就是「進」。除此之外，通、追、過、達等字，也都一眼可看出與行進有關。

其中也有文字用於表示返回，如逆、返；與距離、速度有關的文字，則有近、速等。

意思產生變化的文字中，則有以商為聲符的適，本義是前往，後來轉用於相

◀穴的字形演變。

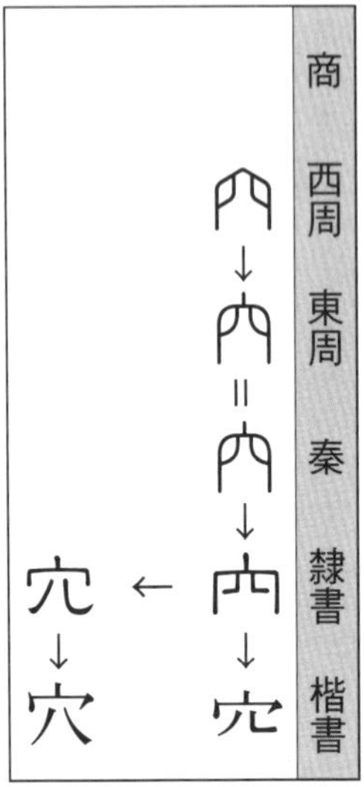

◀辵（辶）的字形演變。

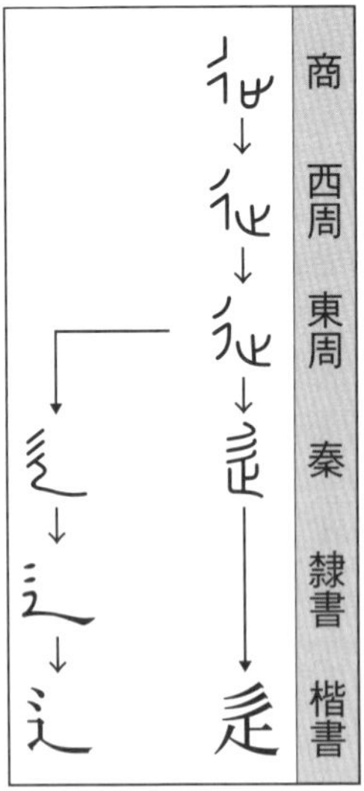

稱；以朮為聲符的述，本指跟著他人，並引申為跟隨。由於後人經常用來指引用並遵循先人教誨，所以就衍生出敘述、陳述、記述等詞。

由於彳與止都象徵行進，就算只有一個也具備形符的功能。所以，商代就曾把逆（）寫作⿰彳屰（）或⿱屰止（）。

楷書中也有仍將彳與止保持分開的例子，這時會視為彳部。例如，徒的聲符是右上的土，止則稍微變形；從也一樣，聲符是右上的「从」（从代表人追隨人，是兼具意思的亦聲）。

部首的誕生

其他依合體字打造的部首

合體字的部首鮮少頻繁使用，但種類很多，因此，這裡將一併介紹。

• **風**：原本代表風的是，指有冠的鳥，象徵鳳凰。由於當時的信仰認為，鳳凰會引起風，便以代表風。異體字則有加上聲符凡（）的繁化字，並傳承至後世。篆書中的初文後來被鳥（）取代，所以到了楷書就變成凡與鳥組成的鳳。

至於風字，則是在東周時以蛇形虫（見第七十八頁）代替鳥，如今才變成凡與虫組成的風。

楷書將風視為部首，並用於文字中。至於當初為何用虫取代鳥，目前仍難以判斷其歷程，只能推測是某種信仰變化導致。

●**皮：**皮（　）本來是由動物皮的側面克（　）與手形又（　）組成。由於指動物被剝皮，便用來代表皮膚。

後來，由於克字變形，才演變成楷書的皮。作為部首造字時主要用於與人類皮膚有關的文字中，但不包括動物。此外，秦代篆書曾變形為　，但並未保留至今。

●**隶：**隶（　）是朝下的動物尾巴毛（　）與手形又組成的會意文字，代表捕獲動物。後來，尾巴的毛被拆開，又則改成ヨ，進而成為楷書隶。隶作為部首時與捕捉有關，但是

◀由右至左，依序為風、皮、隶的演變流程。

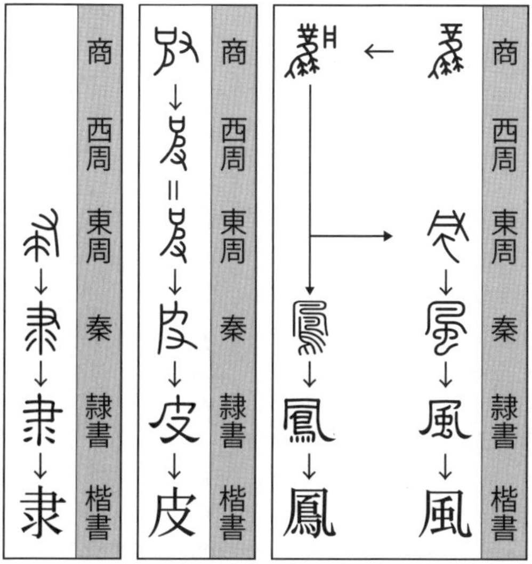

數量同樣極少。而本義為捕捉的隶，現在則加上形符「辶」，複雜化成逮。

• **骨**：原本代表骨頭的字是冎（冎），指動物的肩胛骨，簡化後變成冎，而流傳至今的便是此版本。

以冎作為形符，加上肉後繁化的字即為骨。由於冎後來轉指骨肉分離，所以現在僅有骨字代表骨頭。以骨為部首的文字與骨頭、身體有關，例如體。

• **生**：生象徵地面長草的樣子，商代時寫作㞢，其中的橫線代表地面，並添加草形屮（屮）。

後來，為了強調草莖，且左右不再對稱，就變成楷書的生。意思也從（植物）生長泛指誕生，並引申為生鮮、存活等。生部的文字非常少，最常見為產字。

• **香**：商代寫作香，上側是穀物禾（禾）、下方是代表嘴的口（口），表示嘴裡含著穀物時散發的香氣，後來便泛指所有好聞的氣味。以此為部首的文字很少。

商代時還有異體字香，以小點代表穀物的果實；秦代篆書香把上方變得更加複雜，下方則改成甘（甘），以表示穀物的甜香；隸書時，香又將上方改成禾、下方改成曰，楷書時曰字與日字同化，才形成香。

•**支**：支在商代寫作，上方是竹枝（）、下方是手形又，原指手上拿著竹枝的樣子，轉指枝條，並引申為旁系（如分支）、支撐（如支點）等。

後來，竹枝的象形簡化成十，與手形又合在一起才形成楷書的支，不過，幾乎找不到以支為部首的常用字。有時會與類似形攴（攵）交替使用。而本義枝條的支字，如今則以添加形符木的枝表示。

•**麻**：麻是由形似建築物的广與割下掛起的麻枝條𣏟（並非指樹林）組成，指在室內加工麻製品。不

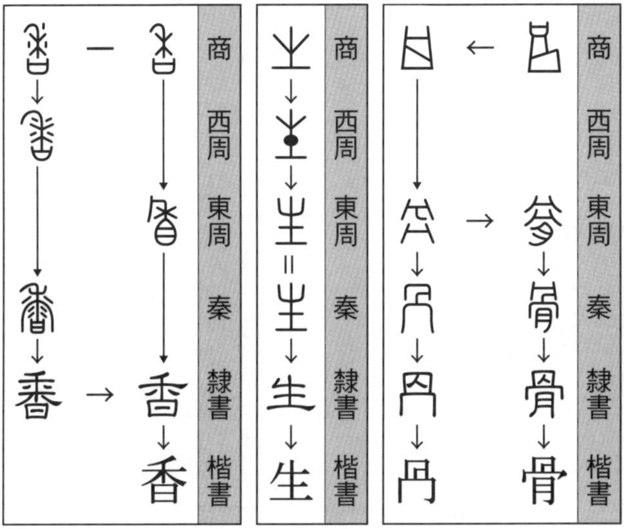

▲由右至左，依序為骨、生、香的字形演變。

過，麻的初文□是使用厂，所以也可能指在懸崖下採麻。

• **比**：比（□）源於象徵人追隨人的从（見第二一一頁），但寫法左右相反。自商代起，比便用作从（繁化字是從）的異體字，後來才獨立指並排或較量。《康熙字典》為求方便，將類似形或聲符為比的文字都編入比部，但數量仍非常少。

• **鬥**：商代時寫作□，是兩個人抓著對方的手打鬥的模樣。秦代時演變出新的字形□，由兩個丮（按：音同及）——指人伸出手——組成，並一路發展至楷書。由於與門形狀相似，所以經常被門取代，導致現存的東漢隸書中完全沒有鬥字的存在。

• **立**：「立」即人站在地上，商代時寫作□，是人的正面大（□）站在代表地面的橫線上。到了篆書（□）時，人的雙腿分離，變得與大字不太一樣，才演變成楷書的立。

立放在偏旁時會微微變形成□，作為部首時與站立有關，例如：「端」本義指筆直站立，後來才衍生為正確（如端正）等意（「遠端」這個意思則是假借來的用法）。此外，頭冠∀形有時也會與立字同化，如龍（見第一〇〇頁）。

•走：原本表示跑步的字是夭（夭），形似人形大（大），並將雙手改畫為上下彎曲的形狀，以表現奔跑的動作。後來夭字的語義轉為少壯而死（如夭折），逐漸不再指跑步。

至於表示跑步這一語義的字，自西周時期開始，則出現加上足形止作為形符的走；到了隸書階段，夭被簡化為土，並進一步演變為楷書的走。

楷書中以走為部首時，通常置於左側並往下延伸，此時字形略變形為走，主要用於與跑步或類似動作相關的字。例如趣，以取為聲符，原指奔赴，後來引申為風趣。

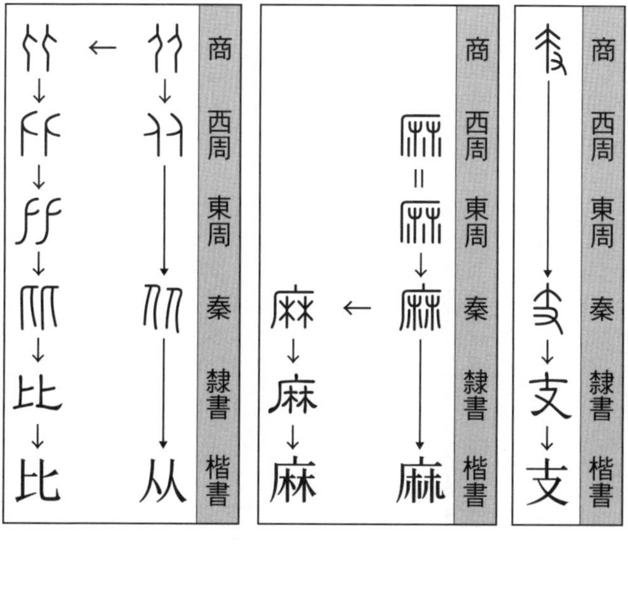

◀由右至左，依序為攴、麻、比的字形演變。

•黃：商代時寫作，字形為正面人形大在腰間佩戴玉器的模樣，意指腰間懸掛的玉飾。由於商代所用玉器多呈黃色，此字便被用來表示黃色。商代異體字中，亦有以口（ㄩ）強調人類頭部的形，後世即沿用此異體。

如今楷書將口改為廿，寫作黃，而日本新字體通用的黄字，則源自秦代的簡化字黄，兩者皆有悠久的歷史。黃部文字主要與黃色有關，但使用範圍極為有限。

•无：无是舞的同源字，即「無」的簡化字形，兩者皆以正面人形（）為基礎，在手部加上裝飾，以展現舞蹈的姿態。其中，強調腿部動作的演變為舞，

◀鬥與立的字形演變。

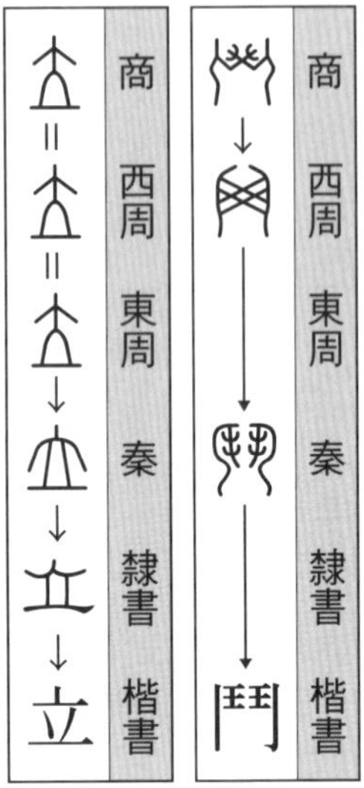

◀走的字形演變。

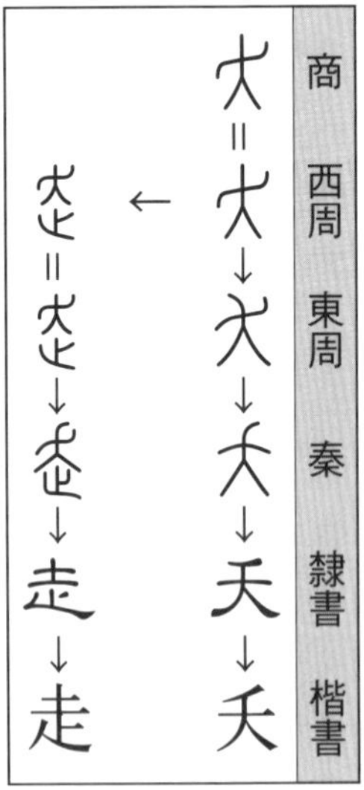

而未加強調的則成為無。

无在秦代篆書（）才首次出現，無法確定其簡化自無的具體過程。目前也幾乎沒有以无為部首的字，但有少數因形近「无」（表示人轉頭）而歸入无部的字（如既）。

●面：面是表示人類臉部的文字，自古即有兩種結構：一是以線條圍繞目（），表現臉部輪廓，寫作；二是在首的簡化字形𦣻（）左側加上曲線，表現頭部正面的。

兩種系統皆有傳承，篆書中甚至融合兩者，以線條包圍𦣻（）。不過，隸書的靣繼承了以目為核心的第

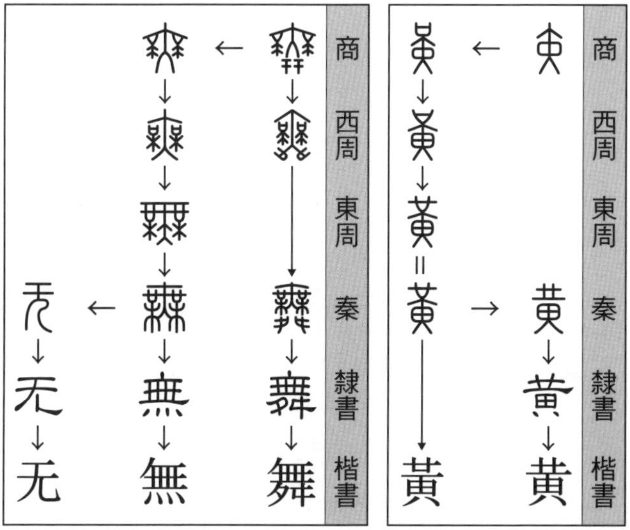

▲黃與无的字形演變。

一個系統，最終演變為楷書的面。作為部首時，面多用於表示臉部的字，但由於功能與頁重疊，使用頻率不高。

•舌：商代的[illegible]是將舌頭伸出口，其中舌尖分岔，最初是指蛇的舌頭，或描繪人動態的舌頭。此外，還有加上唾液的異體字（[illegible]）。

由於逐漸不再使用蛇的舌形，東周時期改以形似的干（[illegible]）取代，形成[illegible]，楷書舌便承襲此形。

雖然舌可作部首，並用於與舌頭行為有關的文字中，但其功能與口、言相似，因此使用率不高。

•齒：代表牙齒的文字在商代寫作[illegible]，即表現口中有牙的模樣。東周時期加上止（[illegible]）作聲符，並發展至楷書。從結構來看，齒屬於形聲字——𠚕作形符，止作聲符。不過，楷書中並不視𠚕為單一文字（止有動作義，為亦聲）。

齒部的文字有齲（蛀牙）、齧（咬）等，均為形聲字。此外，齡字以令為聲符，指以牙齒狀態判斷年齡，故齒為形符。

•寸：原形為在手肘處作記號（[illegible]），意指手肘，後來引申為用手測量長度。

而後為了表示手肘，才加上肉部形成肘，經過轉注後讀音亦產生變化。

以寸為聲符的文字有村，其讀音源自寸（轉注後的讀音）；而酎的讀音則來自於肘。

漢字部首中經常將形狀或意思相近的又、廾與寸互相替換，尊（見第一五二頁）就是其中一例。

● **父**：「父」在商代寫作ㄆ，為手形又（ㄨ）持物的形象（至於所持之物為何，學界尚無定論）。後來，又字略為變形，演化為楷書中的父。作為部首雖不多見，但基本上用於與父親有關的字，例如以耶為聲符的

▲由右至左，依序為面、舌、齒的字形演變。

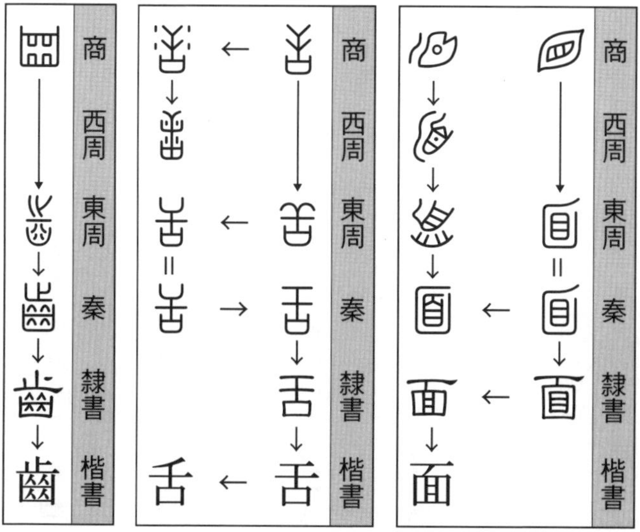

爺，原本為父親的稱謂。

• **韋**：韋在商代寫作，字形由代表都市的丁（口）與足形的止（）經轉向排列組成，指巡繞都市。

韋的本義後來漸漸無人用作部首，經演變為鞣革（按：動物皮革），主要用於與皮革製品相關的文字，但實際數量極少，除韓、韌以外幾不多見。其中，韓的聲符為倝（按：音同幹）的省聲，用於姓氏、氏族名與國名，但其本義至今未明。

• **鼓**：鼓原指大鼓（或太鼓），其古字形為壴（），中央為鼓面、下方為底座、上方為懸掛用的掛鉤。壴後來轉指直立的樂器。

另一方面，商代以手持撥杖的殳（）與壴，造鼓字，表示擊鼓，並傳承至後代。西周時，殳改為攴，字形變為鼓，而東周至秦代之間又改為支（），最終演變為楷書的鼓字。

• **聿**：聿為筆的初文。但此字並非單獨表現筆的形狀（），而是加上手形又（）組成（）。後來筆形與手形經過調整，楷書聿內部的彐為手形，其餘部分則象徵筆。

造字時主要用於書寫相關的文字。例如：「書」本來是以聿為形符、者為聲符，演變到楷書，聿變形為𦘒，者則簡化為日。

- **至：** 至在商代寫作，由代表地面的橫線與上下顛倒的矢（）組成，指箭矢已落地，故表示到達。後來，上下顛倒的箭形有所變化，才演變為楷書的至。

至作為部首時，主要用於表達到達之意，例如到字，即以至為形符、刀（刂）為聲符。然而其義與表示行進的彳、辵相近，故使用頻率不高。

- **血：** 商代時寫作，由皿

◀由右至左，依序為寸、父、韋的字形演變。

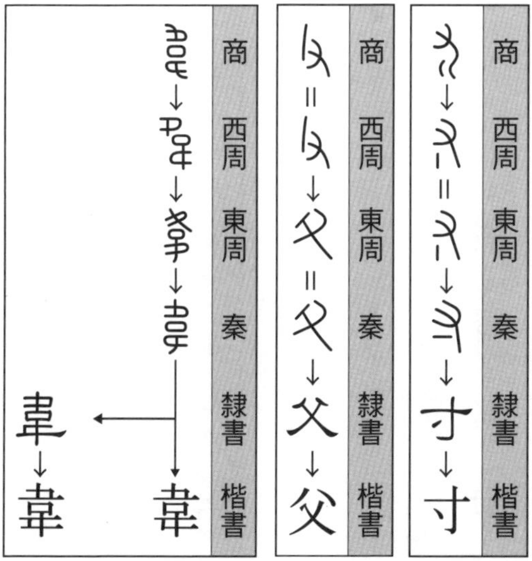

（ㄩ）與象徵血液的小點構成，表現祭祀中使用牲血為祭品之場景。楷書中的第一畫丿即源自於此小點。

● **赤**：商代寫作火，上方為大，下方為火，描繪被大火（烈火）燒紅的形象，並象徵紅色。此字形各部位以意義組合，屬於會意字。後來，隸書（赤）將大省略為土，火改為灬。

● **谷**：最古老的字形是八八，由兩個八（八）排列而成，象徵山脈之間的溪谷。另有加上口（ㅂ）的異體字谷，學者們對此字義多有爭論，但應指谷底。

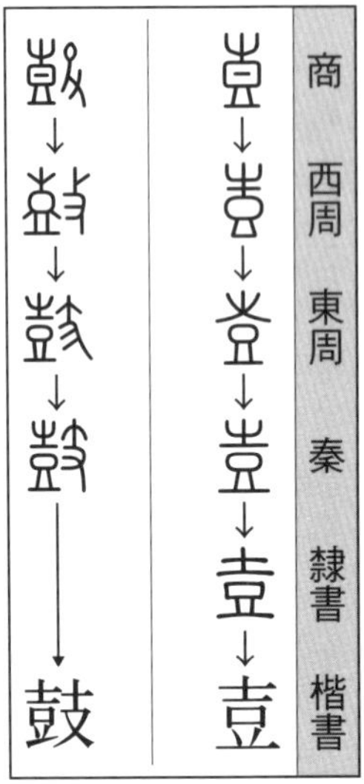

▲鼓的字形演變。

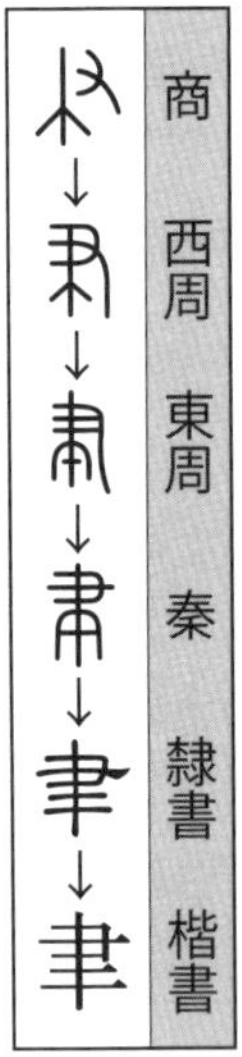

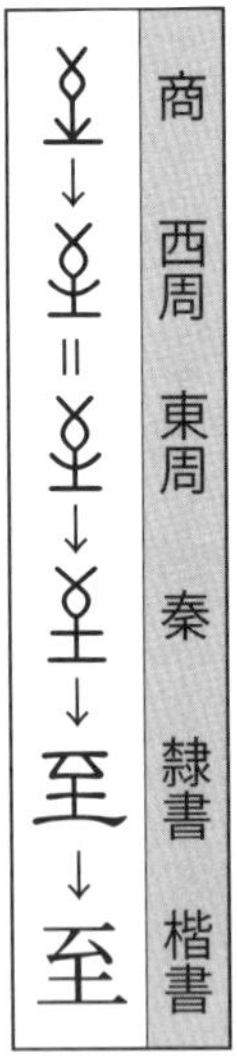

▲聿與至的字形演變。

此字形特徵延續至後代，東周時將下方八相連，形成谷，最終演化為楷書的谷；未相連的系統則持續使用至隸書時期，字形為谷；秦代篆書則為裝飾性極強的谷，此風格未被楷書繼承。

• **青**：以代表顏料的丹（井）為形符、生（生）為聲符，最初寫作青。丹屬於指事字，表示從地底產出的顏料，中央的小點象徵顏料本體（按：一說指丹乃染色用的井）；生則為草木萌發的形象，草色似青色，因此可視為具有一定意義關聯的聲符。後來，生與丹的字形逐漸變化，形成青。

▲血與赤的字形演變。

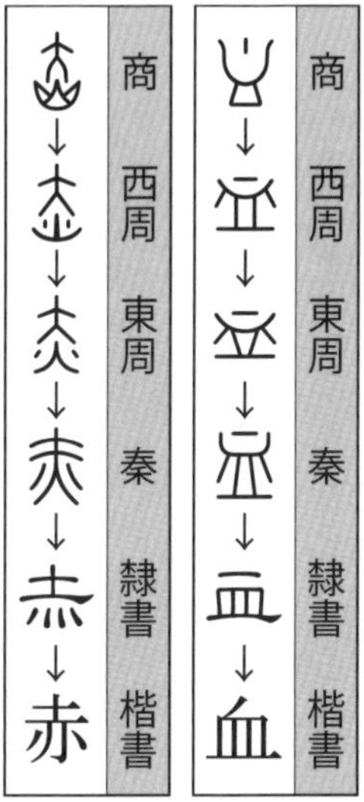

▲谷的字形演變。

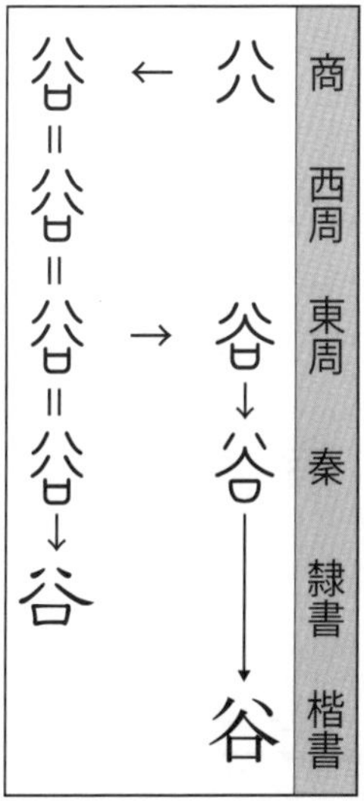

如今的正體字則將丹改為相近的月，源自秦代的青字形。此外，東周時曾出現下方加口的異體字[illegible]，但未傳承至後世。

●**里**：里（[illegible]）是由田（田）與土（[illegible]）組成的會意字，指人類聚落。其中，野本義為原野，最初是由林與土組成，寫成埜（[illegible]），並衍生出鄉下之意，所以後來才打造以里為形符、予為聲符的野（如今埜字被視為野字的異體）。

●**二**：二（[illegible]）由兩個一（一）相疊，表示數字二。為方便編排，許多字形中有兩條橫線的文字，往往歸

▲由右至左，依序為青、里、二的字形演變。

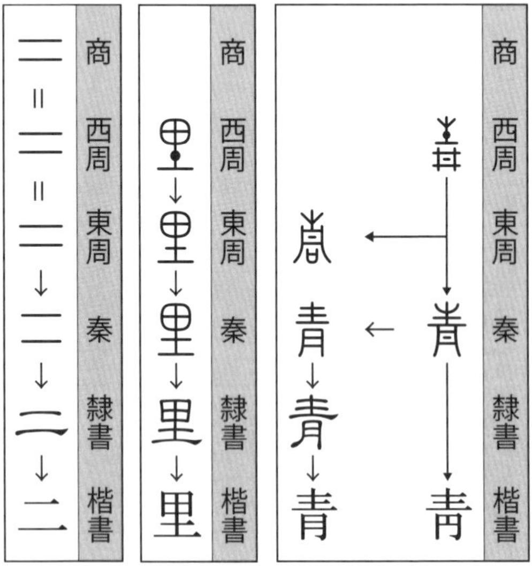

入二部，但與二的本義無關。舉例來說，井在商朝寫作井，《說文解字》將其視為獨立部首，而《康熙字典》則因編排考量而將其歸入二部。

第七章

複雜字形的歷史

漢字中存在一種現象，即原本起源各異的文字，到了楷書階段卻被統合為相同形狀，本書將此現象稱為同化；與之相對，若原本為同一文字，後來卻區分為不同用途的字形，則稱為分化。

部首中也同樣可以觀察到同化與分化現象。例如前文提及的亼，原本象徵屋頂或頂蓋，楷書時，由於字形與人極為相似，而被視為相同部首。但若追溯其源，會發現表示屋頂的字形是亼，人則是人，兩者完全不同。

又如女、母、毋這三個字，最初並未明確區分字義。後來，女轉化為女、女為母，而母又進一步分化出毋（見第一一一頁）。

本章將介紹這類經由同化或分化所形成的部首。

•方——旅，是舉著旗子

「方」在商代寫作方，但起源眾說紛紜。不過，若與央（央）字比較——即人形大（大）加上枷鎖（工）——可推測方可能為描繪人戴著枷鎖的側面（按：一說指枷鎖形為標示方向之符號，央字為正立南面稱王之大人形）。其中，表示枷鎖的冂（⌶）經過簡化，最終演變為楷書中的方。

字義方面，由於商代常以「○方」稱呼敵對勢力，因此，戴枷鎖之人應指被擄獲的敵人，也就是俘虜。此字後來轉指地方，並引申出方位、方法等抽象意涵。

然而，楷書中以方為部首的多數文字，原本實際上是以㫃（按：音同眼）為部首。該字作為文字一部分時會寫作方𠂉。

㫃字源自商代的軍旗象形：左側的直線為旗桿、右上曲線為飄動的旗面、左上方則是旗桿上的裝飾。此象形在東周以前大致未變，直至秦代，旗面與旗桿才出現明顯變化（）。隸書時，軍旗的象形簡化為與方近似的方𠂉，楷書便承襲此形，寫作方𠂉。

由此可見，方與㫃（方𠂉）雖形近，實則起源迥異，因此《說文解字》將其視為兩個獨立的部首。但由於楷書時期字形幾乎相同，《康熙字典》便一律歸入方部。

以族為例，其字形自商代即為方𠂉與矢組合而成（），表示軍旗與箭矢，象徵軍隊。商代時的戰爭，由君主統率三族（按：相當於現今的三軍），如今字義從軍

隊編制，轉用於宗族、氏族等。

旅亦原指軍隊，特別指遠征部隊。商代時的寫法為，描繪軍旗下聚集眾多士兵，其字義也從軍隊遠征，引申為旅行。

其他以㫃為形符的形聲字，如旗原指繪有動物圖案的旗幟，後泛指所有旗子；施以也為聲符，本義為揮舞旗幟，後經假借，發展出施予、施行等含意。

・口——無法區分嘴巴與器物

「口」最初是嘴形的象形，作為部首造字時，常用於與口部功能相關的字。然而，口字不僅源於嘴形，亦源自器物外形。這兩者自商代以來皆寫作「ㄩ」，因此，單從字形無法區分口所代表的是嘴巴還是器物，只能透過字形結構或語義推斷其本義。

表示嘴巴時，口部的文字多為形聲字，例如味、唇（正體字為脣）、吸、吞等。此外，衍生意涵也包括與聲音、話語相關的字彙，如唄、嘆、呼、召等。值得一提的是，問乍看屬門部，實際上是以口為形符、門為聲符的形聲字，指用話語詢問。

含的聲符為今，本義為口中含物，後引申為包含；命最初指發出命令，如天命即天神的命令。一說指命、令與名本同為一字，後令字增口形分化為命（再省亼形為名），並衍生出性命等用法，其聲符令屬於亦聲。

另一方面，當口用於表示器物時，多數為會意字。例如：合由代表器物口與表示蓋子的亼組成，指密合、契合；品則由三個口相疊，表示物品或種類繁多。口也從器物引申為祭祀器具，如器由數個口與祭品犬構成，指祭祀用的器物。

除了嘴巴與器物之外，口（ㅂ）還有其他許多用途。例如倉（[古字形]）字，上方為

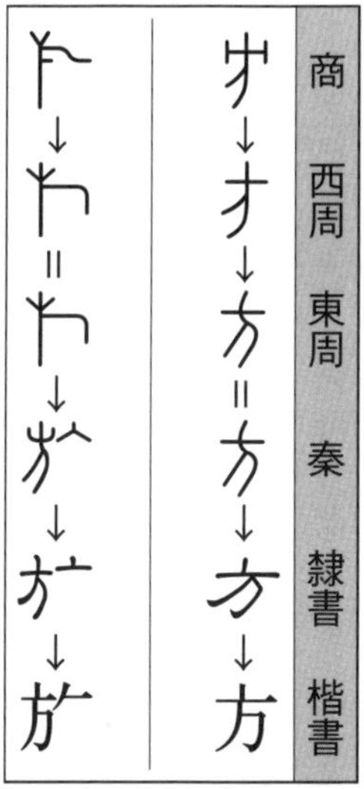

◀方與㫃的字形演變。

◀口的字形演變。

屋頂亼、中間為代表倉庫門的戶（戶），下方的口則象徵倉庫的地基。楷書倉字，即承襲自戶（見第一七九頁）的古字形戶。

口也可以用於表示抽象物體，例如何字，原指人攜帶行李，早期寫作何（即外圍的「仃」），並以口字代表行李（此義現今保存在荷字中）。

綜上所述，口字的功能多樣，涵蓋嘴巴、器物等，是漢字中意義最豐富的字形之一。

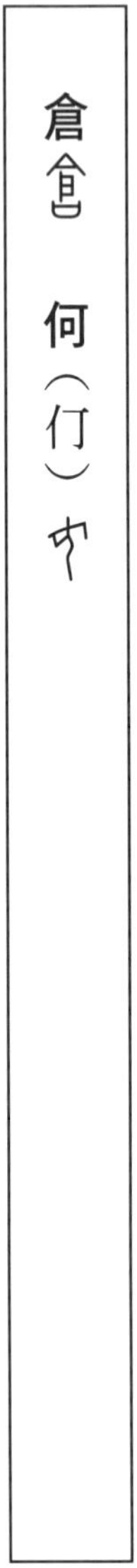

◀倉、何的甲骨文字形。

•曰與甘——「甘」就是美味

漢字部首中的「曰」與「甘」，原本皆以口的形狀為基礎造出，屬於指事字。曰（曰）是在口（口）加上記號，表示從口中吐出話語。楷書字形如較扁的日字。

甘（）則是在口內加上記號，表示嘴裡含著某物。此字後來被轉用為美味，並衍生出甘甜的意義。

由於曰與甘字形相近，過去曾出現兩者交替使用的情況。例如：旨最初以甘為形符、匕（）為聲符，寫作。雖然甘在篆書時演變為，但旨字的下方仍維持形。因此發展至楷書時，便將其下半部改寫為形狀相似的「曰」。而曰與日字接近，於是《康熙字典》將旨歸入日部。

曰也曾與前述的口同化。例如魯字，在商代時是寫作的會意字，下方的口（）象徵器物，上方則是作為祭品的魚（），表示祭祀儀式。東周後，口為甘所取代，隨後字形下半部與旨相同，下方轉化為曰，其字義亦隨之改變。魯字之所以衍生出魯鈍之意，或許正與下方的曰形有關（按：如今多認為，與春秋時魯國重禮教而保守的文化有關。亦有學說認為下方口形乃表重要、崇尚之意）。

同樣的變化亦可見於香（見第二一四頁）。

另外，表示覆蓋物的冃，有時也會與曰字同化。以冒為例，是目上方加覆蓋物冃的會意字，亦為帽的初文，在日本新字體中則將冃改寫為曰。

整體而言，日與冂多位於字的上方，而曰及象徵器物的口則在下方。不過也存在例外，如曷（按：音同何）一字，原為表示提問，以曰為形符、匃（按：音同ㄎ）為聲符。

•阜與邑——階梯、都市與山

「阜」與「邑」作為楷書部首時都寫作阝，但起源截然不同。

阜從字形來看，源自於階梯，商代時寫作𨸏，代表由木材雕鑿而成，日本在彌生時代（按：約西元前四世紀至三世紀）亦採用相同的工法；另一方面，邑代表都市，商代時寫作邑，上方丁（口）代表都市城牆、下側的卩（㔾）則是居民。

階梯形狀的阜字在秦代簡化為阝，三層階梯減少成兩層；邑則在東周時就簡化為㔾。所以從結果來看，兩者如今才都寫成阝。

阜作為部首時，與從階梯衍生出的所有建築物設施有關，例如：隙指牆壁的縫隙、陛指宮殿的階梯；邑則與都市相關，包括都、郊等。

楷書中，阝放在右邊時通常是邑，放在左邊時則是阜，所以大多時候都能區分其這兩者。

▼曰與甘的字形演變。

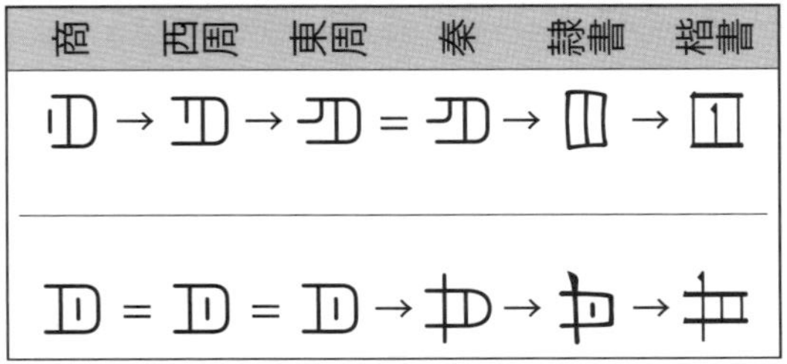

▼旨、魯的甲骨文字形。

▼阜與邑的字形演變。

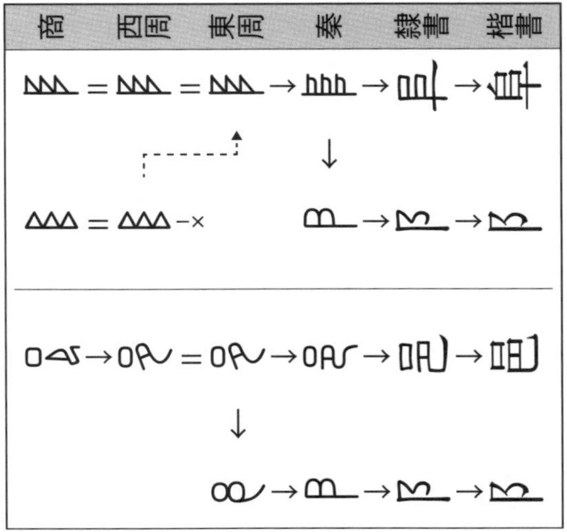

除了上述兩者同化為阝以外，山也曾變形為相似的形狀。山字在商代有形似阜（）的，單純改變了山（）的方向。當時曾有座山位於名為心（）的地方，稱為，但此字如今已亡佚。

由於山形在西周後期逐漸不再使用，所以其字義就被阜所吸收，使阜字同時兼具建築設施、山脈相關等意（表格中以虛線表示繼承關係），因此有了險、陵等字。

•月與夕——多一畫就變成「月」

分化的部首中，最具代表性的是月與夕。

商代時以半月象形或代表月亮，前者中央的點可能是月亮表面的坑洞，也可能指月亮是實心的。由於這兩種字形都是月亮，所以同時也象徵夜間——也就是夕的意思（轉注用法）。

商代在用字時並未明確區分二字，兩者都兼具月與夕的意思。是後來的時代才以專指月，以為夕。

月字曾經歷西周的與篆書的等，到了楷書仍維持月字形。而中國自古便依月亮圓缺製作陰曆，因此，以月為部首的文字，除了指月亮以外，也表示時間。例如：表示月很明亮的朗、本義為陰曆一年的期等。

夕字經歷西周的與秦代的夕後，直到楷書也仍維持夕的字形。作為部首造字時用在夜間方面的文字中，例如名（），就是夕（）與祭祀器具組成，象徵夜間祭祀。後用來指銘文，並進一步引申為命名、名字等意。

「夜」是西周時打造的形聲字，最初以夕（）為形符，並與亦（）的省聲組成。後來，亦的字形產生變化，成為楷書夜中夕以外的部分（按：教育部取夜為正字，夜為異體字）。

◀名、夜的甲骨文字形。

•言與音——言與音，概念相近

「言」在商代寫作𧥢或𧥢，後者的上方是代表刀刃的辛（𢆉）。由於後世的文字保留了這個特徵，所以有人認為言的起源與刀刃有關。不過，最早還是較常使用前者。𧥢的上方是辛（𢆉，按：音同千），讀音與言相近，所以可將其視為以口為形符、辛為聲符的形聲字。

音則是言的同源字，於西周創造，並在當時的言（𧥢）字加上一條短線，分化成𩐁。𩐁形的下方雖與甘（𠙵）相同，但並沒有甘的意思，僅是為了分化字形而出現。古代偶有如此案例，例如古（古）的異體字古（楷書並未保留這個字）。

以言為部首的文字多半與話語有關，像是詩、語、說、論等。其中，「話」原本是以「𠯑」為聲符的形聲字，後來才變成類似形的舌（與活的狀況相同）。此外，言如今也會用於記錄、會面相關的文字，如記、試、診、訪等。

有些文字的字義也出現變化，像「討」從開口詢問轉用為以武力討伐。而聲符的寸（見第二二〇頁）本來指手肘，也就是說，討字是以肘的讀音為聲符。

另一方面，音則用在與聲響有關的文字中，像是響、韻等，但數量不如言字。言與音在東周都出現了非常相似的簡化字（、），雖然後者最終演變成楷

◀月與夕的字形演變。

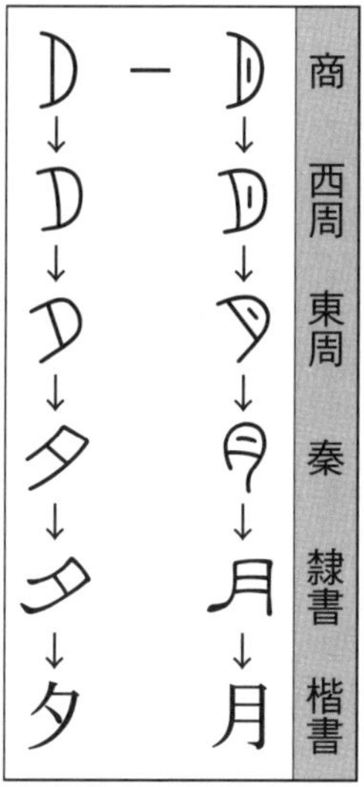

◀言與音的字形演變。

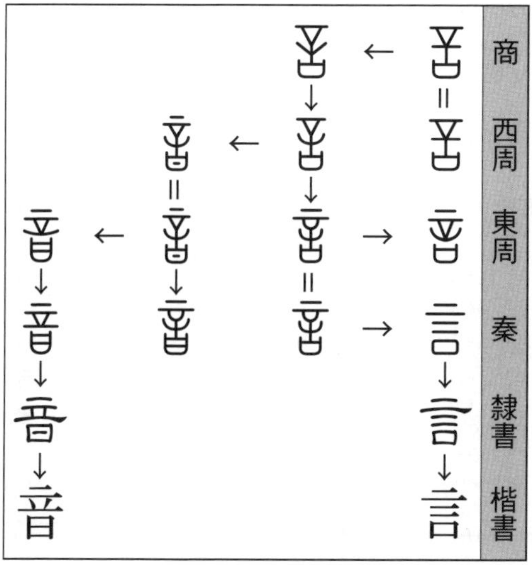

書音，前者卻消失了。此外，秦代簡牘文字亦有其他簡化字（言），楷書言就是繼承此形。

•水（氵）與巛（川）——從「河」變成「水」

水（𣱱）與川原本的字形巛（巛），都是表示河流的象形字，所以兩者原本都是指河（按：川為水流較強的河）。後來，前者衍生為水，文字也出現分化（轉注）。但是水仍可指河川，如河水、江水（按：古代的黃河、長江）。

字形方面，𣱱一直使用到秦代，東周時才出現簡化字氺，並傳承至隸書氺。放在偏旁寫作氵，源自於隸書的簡化字⺡，放在文字下方時則會變成氺（如泰）；巛也在東周時出現簡化字川，並沿用至楷書，巛也被保留至今。

以水為部首的文字與河、水有關，如前述的形聲字——河與江。其他還有浴、湯、湖、海等。

水部首有許多文字字義如今已經改變。例如：測原指測量河水深度，後來泛指所有測量；減則從水變少泛指所有的減少；決本指河川潰堤，後引申為判定（如決定）。

法在古代寫作灋，指把家畜（廌）扔進河川並離去（會意字）。而後出現刪除廌的簡化字法，字義也從「捨棄」反訓，變成相反的「占領」（按：一說指廌獸〔古代傳說中的獨角獸〕之角可觸人定罪，而有法則、法律之義）。

以巛（或川）為部首的文字很少，偶爾會出現於會意字中，例如災。巛為上古大水災難之象形、火代表火災，象徵所有災害。

◀水（氵）與巛的字形演變。

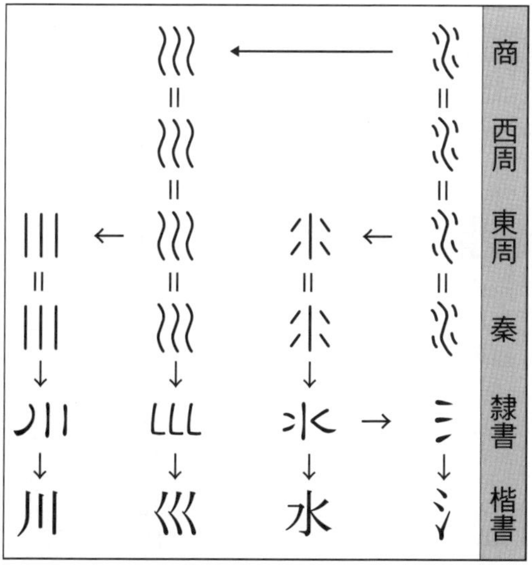

・石與厂——原本是樂器

商代以□與□代表石頭，前者是石製打擊樂器石磬的象形，圖7-1就是考古挖掘出的石磬照片。儘管方向有些不同，但是形狀相似。字源相近的還有聲字。

□經過簡化後就變成厂（□），例如反（□）與其異體字□。但是到了西周

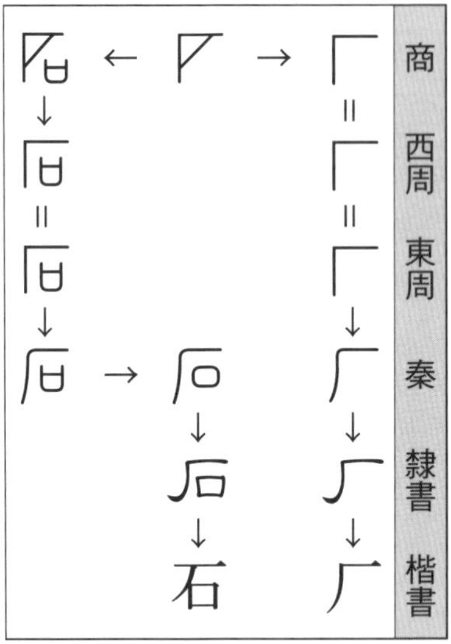

▲石的字形演變。

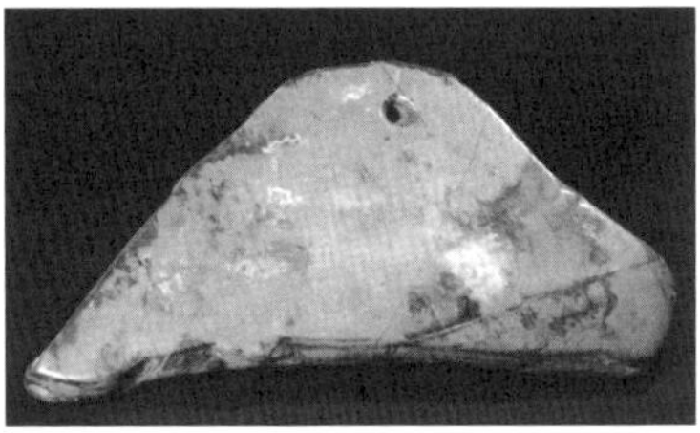
▲圖7-1　考古挖掘出的商代石磬。（出處：《安陽發掘》。）

時，厂卻變成懸崖的意思（讀音也不同），或許是因為字形看起來像懸崖而轉用。《說文解字》中將造字法、轉用法假設為象形、指事、會意、形聲、假借、轉注這六書，但是如第五十頁所述，實際上也有因字形帶來的轉用法（借形），例如：以用曰代替口（見第二三五頁）、山形⻏與階梯⻖（見第二三八頁）。

厂的字形幾乎沒有變化，便沿用至楷書，自西周起便一直維持懸崖的意思，例如表示懸崖湧泉的原，而泉在隸書的字形是泉，即是去掉厂的原字。

另一方面，商朝的石（石）則是多了ㅂ，但這裡不是指嘴巴，而是祭祀器物。西周時厂被簡化之後，其字形也變為石。

以石為部首的文字，有碎、礎等。此外，「研」原指砥石（按：用於細部加工的石器），後來泛指研磨，並進一步引申為鑽研、研究。

部首的誕生

其他同化與分化的部首

漢字部首中還有其他同化與分化的例子，接下來將簡單介紹其中較少用來造字的文字。

- **臼**：臼在西周剛問世時的字形是。另外還有由雙手側面組成的𦥑（最下方未相連），原本的形狀是。由於兩者起源完全不同，所以《說文解字》視為各自獨立的部首，但是自隸書起因兩者字形相似，《康熙字典》便將兩者編入臼部中。

兩者楷書的字形也有差異，例如稻字使用臼，而興字則使用𦥑。不過，也有部分文字同化，如臾字上方原本是𦥑。

- **勹與尸**：勹（𠘧）是人屈身的模樣，作為部首造字時，與相關動作和身體有關。例如：包原本指孕婦（楷書把子換成巳）。除此之外，原先代表手臂彎曲的字形（），後來也在楷書與勹同化。

尸是亡者的象形，藉由腿部彎曲的人（）表示遺體，作為部首同樣與此相關，例如屍。但是，秦代篆書的尸（）就少了上述特徵，形似東周時勹（）的變形。因此，兩者有時也會交替使用（借形）。

舉例來說，尿在商朝寫作，是人屈身排尿的模樣。後來勹部就被尸取代（代表水滴的小點，也被水取代）。此外，描述人類偽裝成動物的尾（），在楷書時也被歸類為尸部。由於尸字形與广相近，有時也會當成住宅的外形使用，如屋字（下方

▼臼的字形演變。

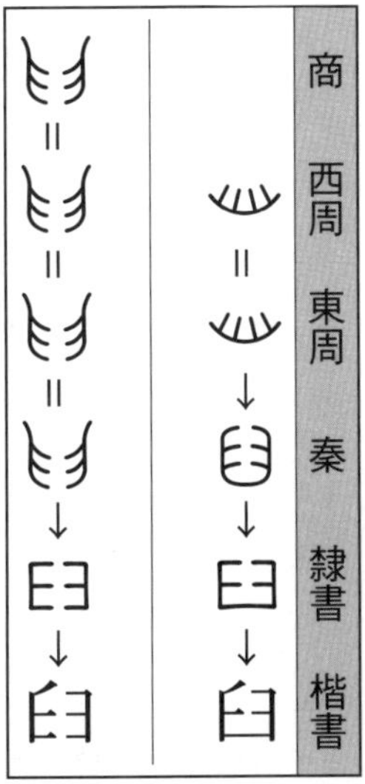

▼勹與尸的字形演變。

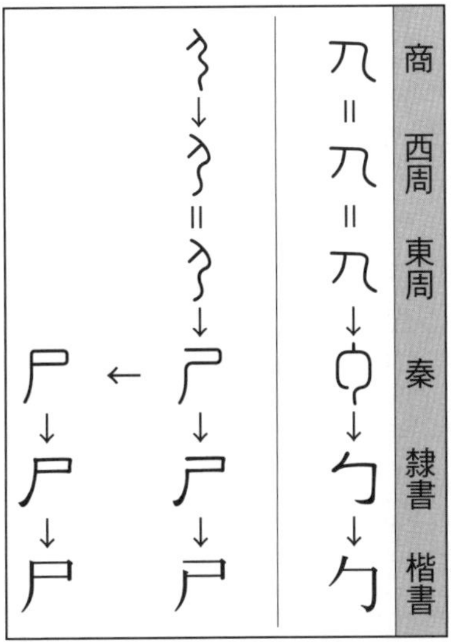

是室的簡化字）。

●**耒與力**：耒（鋤頭）是耕田用的農具，商代時寫作，力（）就是其簡化字。當時牛耕尚不普及，以人力耕田，所以力才會有力量的意思（轉注）。

耒的字形在篆書時（）變得很複雜，作為部首造字時保有鋤頭的意思，並用於農耕相關的文字中，例如以井為聲符的耕。

力字在篆書（）的形狀也變得複雜，之後又再簡化。最初造字時與耕田有關，例如表現耕田模樣的男。後來成為與力量、努力等意思的專用部首，包括助、勢、努、勉等。

●**自與鼻**：自是鼻子的象形，商代時寫作，上方三條線分別代表鼻梁與鼻翼。後來，下方的線條相連，寫成，秦代篆書字形也幾乎相同。不過，當時也有簡化過的異體字自，而楷書即繼承此異體字的版本。

但是，自字後來用於親自、來自等意，所以商代就加上聲符畀（。按：音同必），寫成（畀是嚮箭的象形）。

古代以自造字時，用於與鼻子有關的會意字中，例如，臭指狗用鼻（自）聞氣味；以鼻為部首時，在較晚的時代裡，多組成形聲字，像是以干為聲符的鼾。

• **幺與玄**：幺是線束的象形，商代時寫作；玄則為同源字，但其意思從線束轉注為黑色。

商代至西周都未明確區別這兩個字，直到東周才造出強調文字上方的，並分化出玄字，因此楷書的玄字就是在幺字上方加兩畫。

此外，午也屬於同源字，雖然在商代時也寫作，但西周時就分化為字形，或許東周的玄（）就是受此影響（按：臺灣文字學中，午是杵的象形）。

• **足與疋**：足是整個腿部的象形，商代時的字形不僅表現出腳踝以下的止（），連大小腿都畫了出來。不過，西周之後便把止（）以外的部分簡化成一個橢圓（）。

足部放在偏旁時會稍微變形成，與古老的字形較相似。作為部首與足部或其動作有關，如跳、踊（按：亦指跳躍）等。

疋則是足的分化字，字義上沒有明顯的差異，依然用來指腿部，只是讀音發生了變化。疋讀作書，是疏、胥等字的聲符。

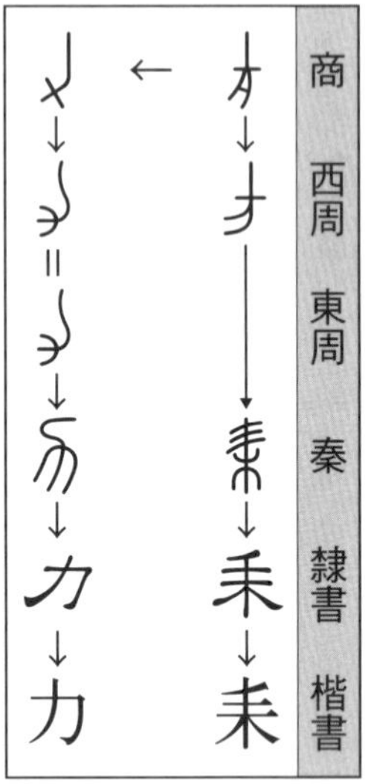

◀耒與力的字形演變。

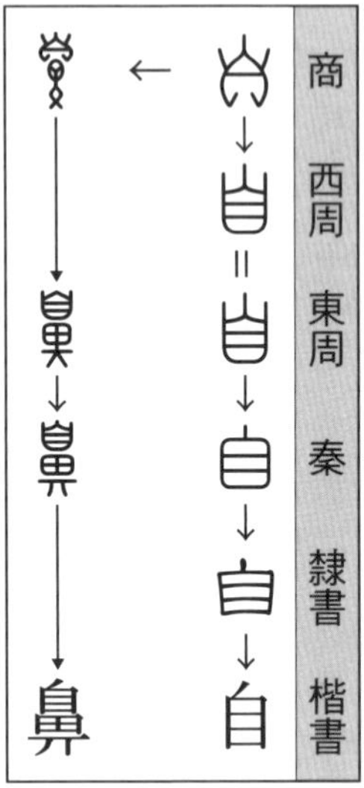

◀自與鼻的字形演變。

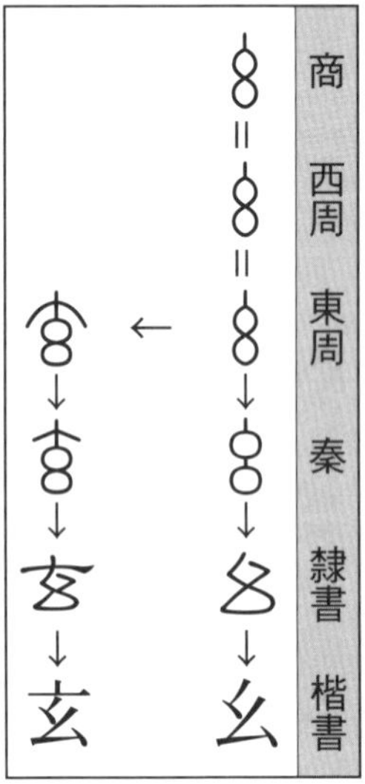

◀幺與玄的字形演變。

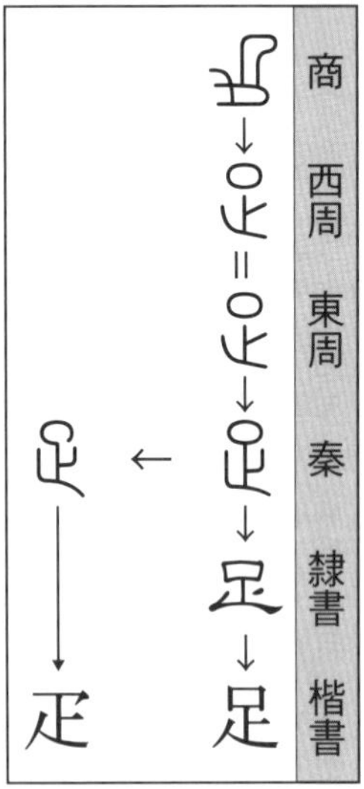

◀足與疋的字形演變。

雖然自商代起讀音就已改變，但字形上的分化則是到秦代篆書（□）才發生。《康熙字典》將其視為部首，但相關文字卻非常少。由於疋曾作為匹的替代文字使用，因此亦有匹的讀音（按：作量詞使用）。

•**夂與夊：**夂是象形止（□）上下顛倒後形成（□），字義與象徵行進的止字相反，指回歸，因此用於後的初文⿱幺夂（□）、復的初文复（□）等。冬也使用了相同的字形，但其上半部分原本寫作□，是象徵絲線尾端的別字（字形在隸書時才與夂同化）。

夊則是自夂衍生而來，但既非指行進，也沒有回歸之意，就只是單純表示足部的形狀。舉例來說，夏字是強調舞者的腳，後來加上形符日變成了□，後來又再將日字去掉，寫成楷書的夏字。

夊曾在隸書時與夂合併，直到《康熙字典》等將其視為正體字後才復活。除了夏之外，寫作夊的還有夋。

•**長與髟：**長（□）與老（□）（見第一二五頁）同樣指長髮的人，因此，除了年長的意思外，也從長髮衍生出長的意思。作為部首造字時，受到本義影響，與長度和頭髮有關，放在偏旁時寫作镸。而秦代時特別為頭髮造出髟字，因此與頭髮有關的部首就從長變成了髟。

其中，肆原本是以隶為聲符，意思是連續（楷書把隶改成字形相近的聿）；以犮為聲符的髮，原本的形符是長，後來才被髟取代。

•干：源自於「單」的分化字。單最古老的字形是Y，類似狩獵工具刺股（按：丫字形的長棒，用以架住獵物的頸部）。加上盾牌毌就變成了[illegible]。[illegible]經過簡化就變成干（[illegible]），省略了盾牌中的部分橫線。順帶一提，獸的初文（意思是狩獵）在商代同時有[illegible]、[illegible]、[illegible]三種異體字。

從字義來看，由於干字最初有盾牌，所以成語「大動干戈」中，干便指盾牌（讀音也與毌同化）。楷書在歸納部首時為求方便，將許多以干為聲符的文字、類似形都列在干部，例如平。

•廴：廴是從彳（見第一八一頁）分化而來的部首，既是延的部首，也是延的簡化字。延字在商代寫作[illegible]，意思是繼續延長。後來，一旁的彳（[illegible]）變成廴，又在止字上方加上一撇表示延長；建與廷原本的部首是乚，因形狀與彳相近而演變成廴。

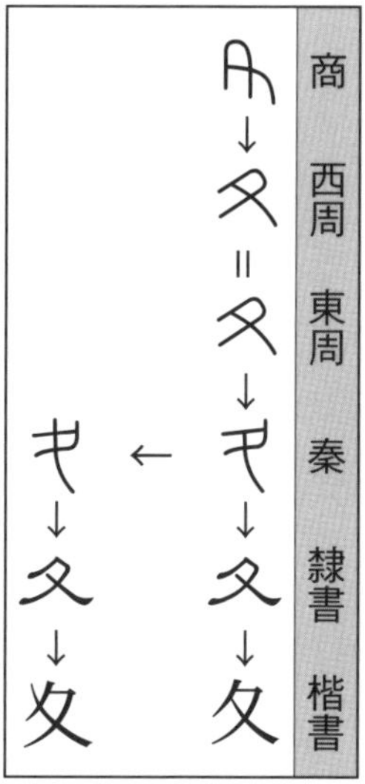

◀夊與夂的字形演變。

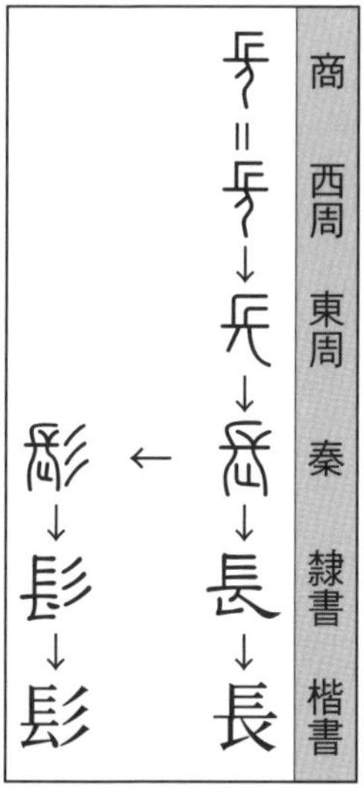

◀長與髟的字形演變。

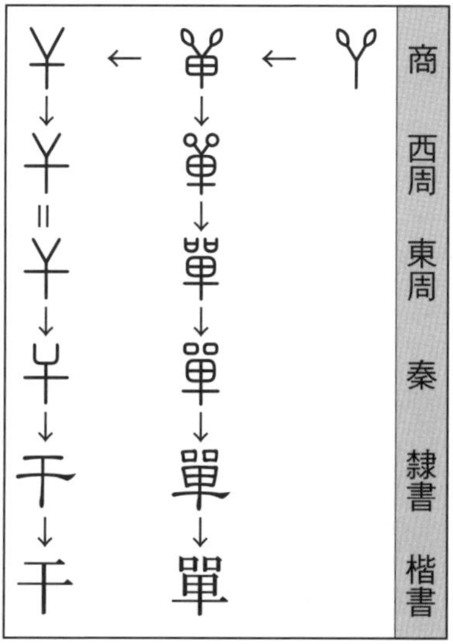

◀干的字形演變。

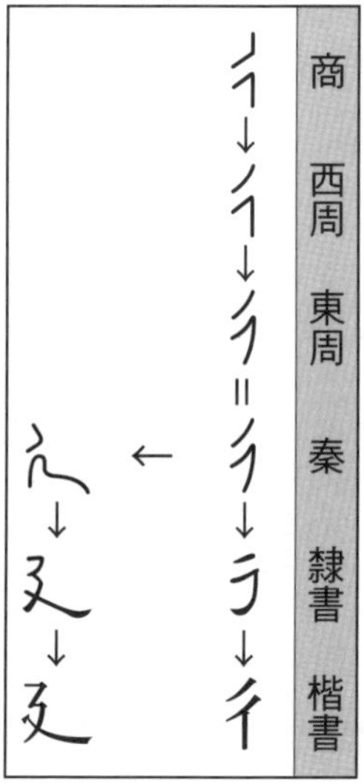

◀廴的字形演變。

第八章

持續中的字源研究

如序章所述，漢字歷史比甲骨文還要久遠，長達四千年之久。但是，最早研究漢字結構的卻是東漢的《說文解字》，距離漢字出現已經過了約兩千年。這段期間，字形、字義等變化實在太多，所以《說文解字》的分析與資訊未必完全正確。身處現代的我們雖然已經能夠解讀甲骨文，但是有些字形早在這個階段就已經產生過變化，某些文字甚至有多種用法，所以其起源難以判斷、眾說紛紜。且由於比甲骨文更晚出現的金文、篆書等，比較容易解讀，因此也有不少論述受後世字形影響。

部首也是如此，而本章要介紹的便是這些起源沒有定論的部首，並說明近年最新研究與新資料的發現。小單元則將探討《說文解字》為了追求方便，而不得不新增的部首（沒有字源的部首）。

- **黽**：學者們對於黽是動物象形的解讀並無異議，但是究竟指何種動物就頗有爭議。日本稱黽部為「蛙」，後世也確實有將其用於鼃字（蛙的異體字），從象形來看確實很有說服力。也有人認為是蜘蛛（鼄）或鱉（鼈），不管是哪一種，確實以黽為部首。

商代時的字形（）中間有條突出的橫線，看起來像蜘蛛結網；西周時則寫作，足部特徵看起來比較像鱉。

黽字在商代時仍未作部首使用，而是一個單獨的文字，由於此字在當時主要用於占卜，所以並沒有可看出本義的例子；西周起則作為部首，用在與蛙、蜘蛛、鱉相關的文字中，因此，就現狀確實難以精準分析。

或許可以解釋為此字的意思因時代而異，或這個部首本來就能用來指各式各樣的動物。黽字的讀音除了可以讀作敏之外，也可讀作猛。從這個角度來看，也許正反映出黽字解釋的多樣性。

- **黑：**《說文解字》對於黑的起源如此說明：「被火燻出的顏色。」而秦代篆書（）的下方就是炎（），因此這個說法的可信度很高。但是，從近代發現的資料來看，在秦代其實算特殊字形，與當時標準字形（、）有些許差異。

商代時則有字形，下方形似火，因此，被火燻出的顏色這個說法，最早只能追溯至西周（），而我們應該從更早的商代字形思考這個字的起源。

從現存資料來看，商代黑（　）字與莫（　）字下方的形狀一樣。而莫的起源同樣眾說紛紜，有人認為是配戴裝飾的人、也有人說是臉上有刺青的罪人。不過，其字形與表示動物皮的革（　，見第一〇一頁）字相似，所以也可能與皮革有關。

點就是以黑為形符、占為聲符的形聲字，本義是黑點，後來泛指所有點狀物。字形方面，日本新字體寫作黒，源於東周的　字形。

●**片**：片在秦代篆書寫作　。由於沒有更古早的資料，所以學者們仍議論著將其視為起源的正當性。其中，有人認為這代表木片，是將篆書木（　）字切成一半；也有人認為是左右相反的爿（　）字，指版築工程所使用的護木。

不過，根據近年發現的戰國時代竹簡得知，片字在作為部首時寫作　，字形與爿截然不同，反而與木相似，所以木片的說法可信度較高。

以片為部首的文字均與木片有關，如書寫用的牘、本義是木板的版等。

●**身**：身有身體、懷孕等意思，學者們對於何者才是其本義並無定論。但根據近代發現的甲骨文字，其象形為　，普遍認為是懷孕後腹部隆起的模樣，所以此字源於懷孕的說法較為有力。

不過，在甲骨文的文獻中，有出現與疾齒（牙齒不適）、疾目（眼睛不適）等詞相同結構的「疾身」。也就是說，身既不是指身體，也不是指人懷孕，而是表示人體某個部位的文字。

之所以得以解開這一謎題，是因為甲骨文的腹字在當時寫作，以身（）

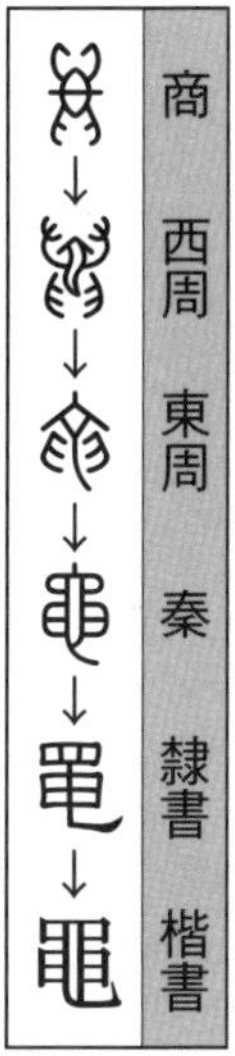

▲黽的字形演變。

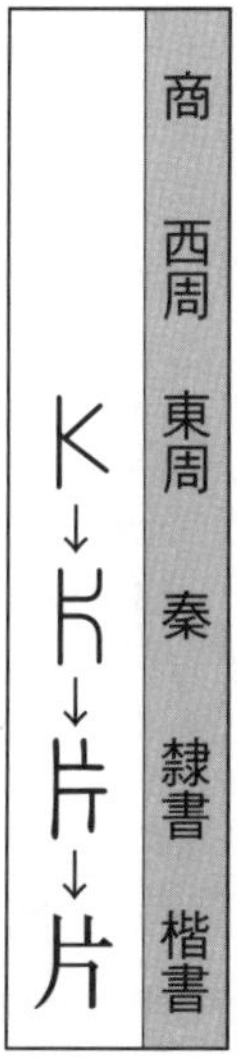

▲片的字形演變。

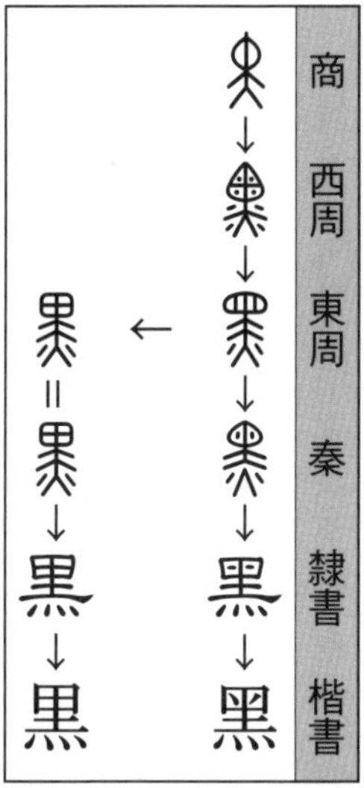

▲黑的字形演變。

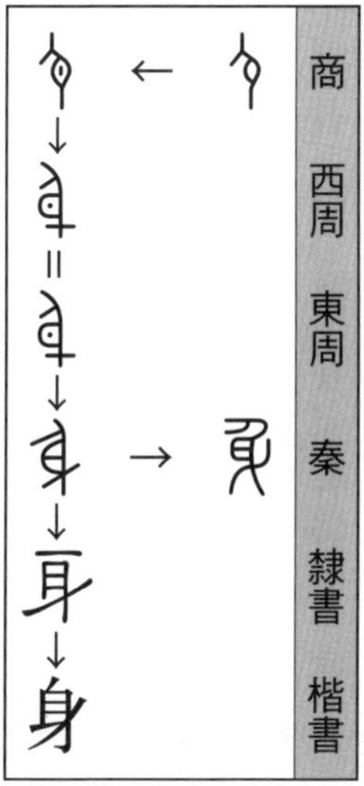

▲身的字形演變。

為形符、复（，見第一八三頁）為聲符。也就是說，身字同時也象徵腹部，所以其實是在人（）腹部加上記號的指事字。

順帶一提，甲骨文中的膝寫作、肩則為，還有不少文字也是像這樣在的特定部位加上記號。

後來之所以被用來表示懷孕，恐怕與近代學者一樣，都將其誤解為懷孕後腹部隆起的模樣，從用法來說屬於借形。

字形方面，商代異體字中有腹部加上小點，更強調腹部的寫法（），這個特徵也流傳下來。雖然秦代篆書使用強調曲線的，不過並未保留至今。

身作為部首時與身體有關，但是功能上與肉部重複，所以數量很少。其中，腹字的形符也是後來才加入偏旁。

- **氏：**氏的字源有多種說法，包括湯匙、刀子、槌子等。不過最古老的例子中，氏字在商代時是作為昏（）的一部分使用，指黃昏時段。

文字上方似勹（），下方則是太陽（），指太陽的位置比人屈身時下垂的手還低。因此，舊有的理論認為西周時的氏（）是簡化自昏字。

然而，商代時的昏有個異體字在手部加上強調的符號（□）。昏字是繼承此特徵後，其上半部分才寫作氏（□）。

秦代篆書□來自字形相似的□，而楷書的橫線，就源自於強調用的符號。

氏字後來轉指氏族的原因尚不清楚。此外，楷書為求方便，會把民等結構不同但字形相似的文字編入氏部。

• **非**：非在西周時寫作□，到了秦代篆書則變成□。其字形與羽毛羽（□）、鳥飛行的飛（□，見第八十三頁）十分相像，因此，非字指鳥羽的說法一度被學界

▼氏的字形演變。

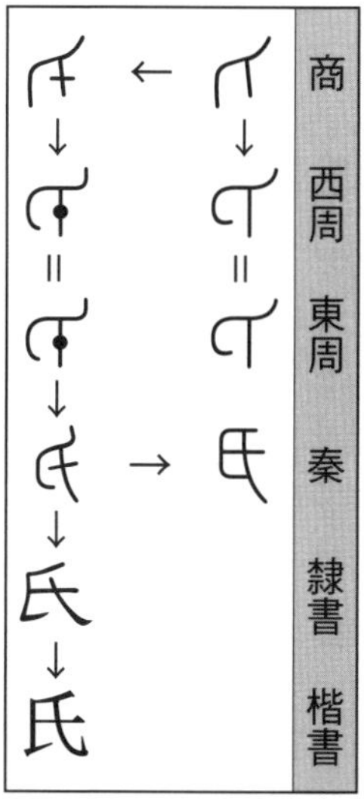

▼非的字形演變。

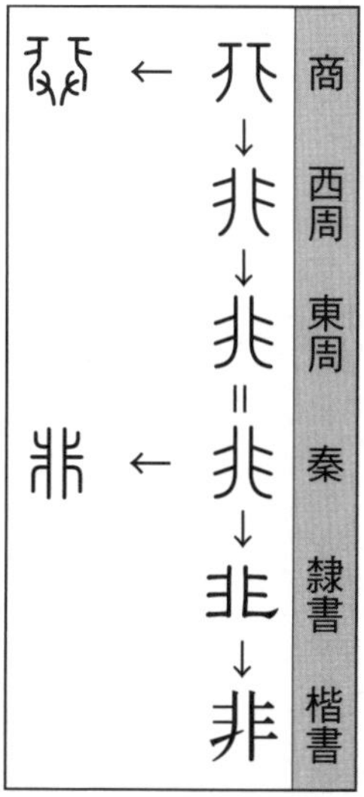

所認同。

但是，商代時非字寫作，是強調頭部的人背靠背的模樣。另外還有異體字，加上將人推開的雙手。從背對他人這一點來看，也許字義具有否定意義，且作為部首時也用於有違背意思的文字中，只是數量極少。

• **色：**色在秦代篆書寫作，上方字形似人（），因此曾有人解釋為人騎乘在人身上，認為本義指男女性愛。但是，後來在東周資料中發現，色（）字上方並非人，而是手形（，其他部分則是坐著的人——卩（㔾））。後來手形在楷書中變形成ク，㔾則變成了巴。

東周字形的近似同時代的印（）與抑的古字形，所以有學說認為是從這些字分化而來。

儘管從字形解釋看似並無矛盾，但從東周的資料中可以看出，色字主要用於表示人的臉部表情，所以將其解讀為「人用手遮住臉」比較妥當。色部文字與容貌有關，但是數量極少。

• **采：**《說文解字》將采解釋為動物的爪子並廣為流傳，實際上卻找不到相合的例子，因此，有學者將其視為其他字的字源。考量到象徵播種的播（初文為番，西周時寫作[glyph]）用到采字，所以認為此字指拿著種子播種的模樣。而番字的聲符是采，如果後者的說法正確，采字就是同時具備意思的亦聲。

但是，以采造字時也會用在區別這個意思上，所以很難證明哪一種說法是正確的。以采為部首的文字如釋、釉，幾乎沒有其他例子。

字形方面，采在篆書時寫作[glyph]，楷書也能在文字下方看到米字，所以偶爾也可看到兩者交換的異體字（如番在隸書中寫作畨）。

●**用：**有學說認為，用的字源是會意字，但是自商代（[glyph]）起，其字形結構便無法拆解成其他字，因此應將其視為象形字。至於象何者之形，有木柵欄、鏞（鐘）、桶子等說法。

◀色的字形演變。

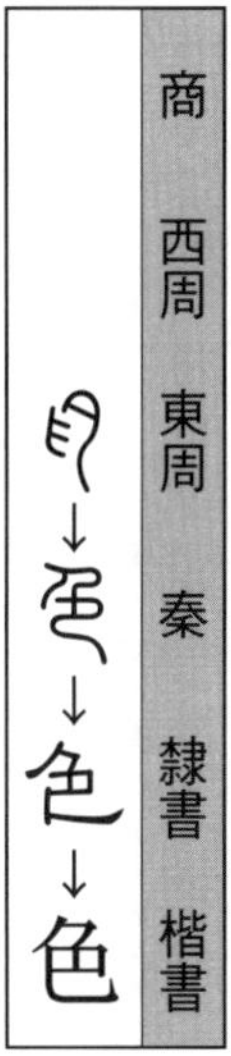

◀采的字形演變。

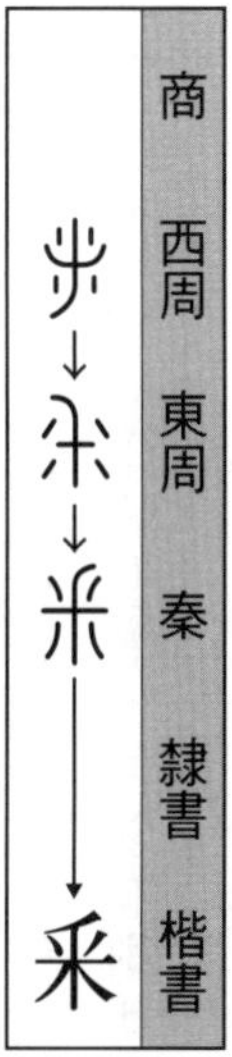

由於自商代以來，用便一直假借（借字）為使用之意，所以很難判斷哪一種說法才是正確的。但是，考量到甲骨文中，以表示用桶子運輸土壤，可以推測其為桶子的形狀。

從這個角度來看，桶字應該是用的繁化字，聲符甬與用則屬同源字，只是更強調上方的把手。然而並未流傳至後世，因此依然沒有確切的證據。

以用為部首時，通常不作形符使用，大都將只是將類似形編入（如甫，甲骨文寫作）。

●己：己的字形自商代以來就非常簡單，所以學界曾經有諸多解讀，例如：線的一端、捲曲的線、表示彎曲的記號等。

不過，在參考甲骨文字的用法時，會注意到綁上繩子的箭矢（）中有己字形，因此己的字源很可能是纏上繩子的模樣；同樣的，弟的初文，也是在弋（）繫上繩子（不過此例中的己字已經變形，在楷書中幾乎與弓同化）。

己假借指自己，己部的文字也不見本義，大多數的字典也僅是將巳、巴等類似形編入己部而已。

至於字形，自商代己起就沒有太大變化，唯有篆書寫作己。雖然這個特徵並未保留到楷書，但是仍影響到弟等字形。

• 冂：關於冂的起源，曾經最受支持的說法是表示遠方的國境。但是，冂的甲骨文寫作工，多以枷鎖之意造字。舉例來說，央（𡗜）就是在人的頸部銬上枷鎖。不過，在掃帚的象形帚（帚）字中，工則代表手柄處被綑綁起來的樹枝。

後來冂的本義逐漸不再被使用，字形也產生變化，才造成誤解。字典中冂部的文字也無法看出其本義，大都是像冊這樣的類似形。

▼用與冂的字形演變。

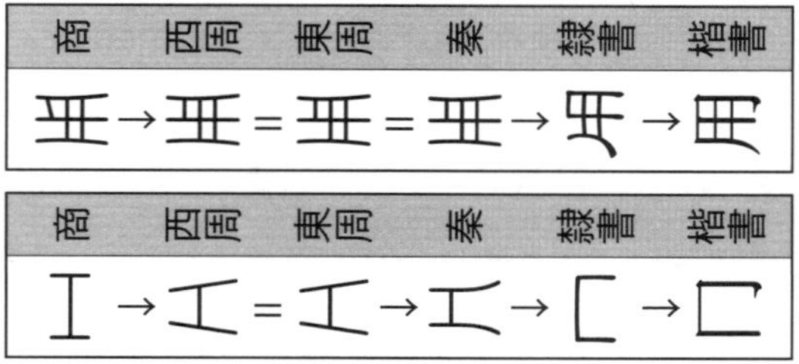

▼己的字形演變。

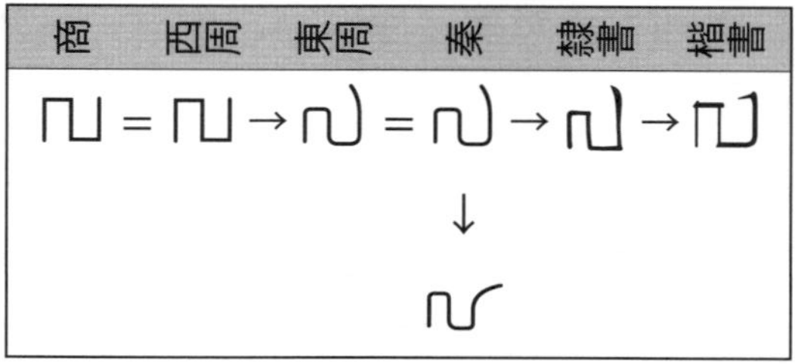

•士：士在較晚的朝代有成年男性、貴族或下級官吏（在日本則是武士）等意，但其字源說法卻五花八門。從篆書字形（士）來看，有一說指牡器（按：男性生殖器官的雅稱），但外形與更古老的字形不符；從西周字形（）來看，則推測是斧頭的刀刃，然而這卻又與商代字形（）不相符。

商代字形從外觀來看，就像戈的刀刃，上方為刀尖，但字形結構卻更接近高字的上部（見第一八七頁）。

不管怎麼解釋，綜觀至今的資料，都完全找不到有關其字源的內容（僅知商代時作祭祀名稱使用），現下仍難以有定論。

東周的字形土與土（土）很像，秦朝篆書（士）時就把上面的橫線拉長，想必是為了明確區分兩者。

士部的文字主要與成年男性有關，例如士為形符、爿為聲符的壯。

•齊：齊如今指整齊之意，所以本義指穀物整齊生長的說法很有說服力。但是，商代字形並無穀穗的含意，且參字中也包含此字形（），因此有學者認為是髮上的髮簪。不過，參字是妻（）系統的字形，與齊無關。

實際上，商代主要將齊字用於地名（今山東省），整齊是後來出現的字義。儘管憑現況難以分析字源，不過，甲骨文中栗初文（）的異體字（）裡有類似的形狀，因此其起源或許是栗子的果實。

東周時，字形下方加上二（），後來各個部位都變形，才發展成楷書的齊字。作為部首時並非形符，字典中也僅是將以齊為聲符的文字（如齋）編入其中。

•辰：辰是十二地支之一。

由於蜃（巨蛤）字中有辰，所以此字指從貝殼中伸出的足部（或身體的一部分）這個說法曾盛行一時。

但是，商代字形使用了石的初文厂（見第二四四頁），並且也作為部首用於農字中。農字在商代時的字形是，代表挖起木頭，所以推測辰指石製農具較為

▲士的字形演變。

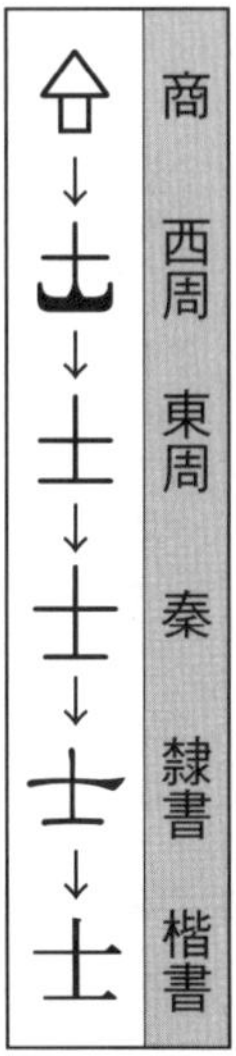

▲齊的字形演變。

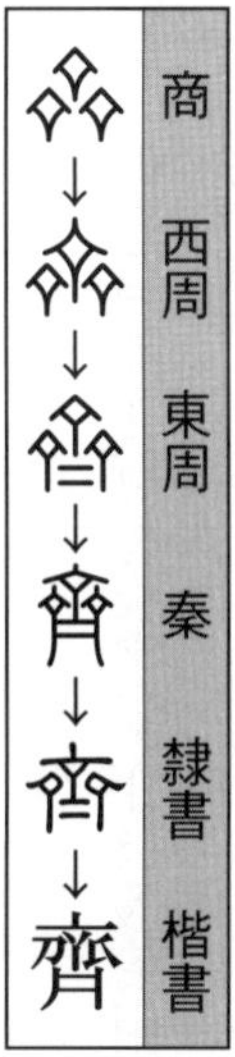

妥當。

此外也有較為折衷的說法，例如貝製農具，但是目前並無將辰字當作貝殼使用的例子。而此字之所以出現在蜃中，單純只是當作聲符使用而已。

以辰為部首的文字多與農業相關，但是數量極少。商代時有異體字辰，以橫線表示上方挖到的事物。流傳至後代的便是這個版本；西周的辰用了大量曲線，很可能就是在這個階段被誤認為貝類的象形。後來字形又產生變化，如今楷書的字形則介於隸書辰與秦代篆書辰之間。

- **爻**：爻在後世被視為代表交錯的記號，作為部首造字時也是如此，且相關文字非常少。這是目前最具可信度的說法。

不過，商代甲骨文將此字用於學的初文𦥯（𦥯）、教（𢽾）等字中，或許這代表學校裡會教的文字或數字（按：一說指出爻字在甲骨文中即用作學字使用）。

此外，代表刺青的文（文）也使用了㐅符號，也許將此符號重疊的爻，就是文字的一般形。

也有人認為爻是神社的千木（按：神社屋頂交叉的裝飾木），但是尚未確認古代中國建築是否也有千木。

● **气：**气與乞是同源字，但是何者起源較早則尚有爭議。商代時指收到貢品，此用法與迄（到達）的初文乞相符。但是，後來則多指氣體的狀態、現象（描繪水枯竭、汽化的樣子），並以气為部首，因此有學者認為後者這才是其字源。

气與乞（迄）兩者字義毫無關聯，所以其中一個必然是本義，另一個則是轉用。雖然如今仍未有定論，不過既然乞（迄）這個用法較古老，那麼它很可能更接近起源。順帶一提，商代表示貢品堆積的文字，是相當抽象的三。

兩者字形在隸書時才有明顯區別，在這之前气與乞都兼具兩個意思。其中，氣實際上是以米為形符、气為聲符的形聲文字，原指贈送食物，後來透過假借才轉用為氣體。

● **白：**白的起源眾說紛紜，有橡果、大拇指、化為白骨的頭蓋骨、白米粒等說法。白字從歷史資料來看，除了字形變單純以外，也可以看出其本義已經不再使用，所以至今仍無法鎖定其字源。

其中，百是假借自白並加上數字一，藉此表示一百。而商代時形寫法出現

的次數多於，因此學者大都認為這個形狀是字源。但是，從字形演變的角度來看，形反而更接近字源。

以白為部首的文字與其顏色或發光有關，但是數量很少。

◀辰的字形演變。

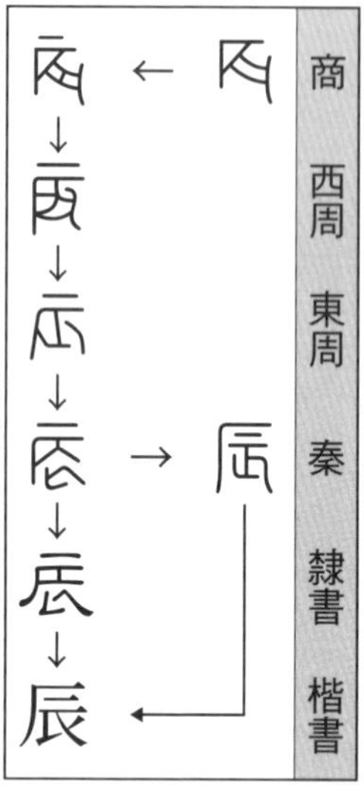

◀爻的字形演變。

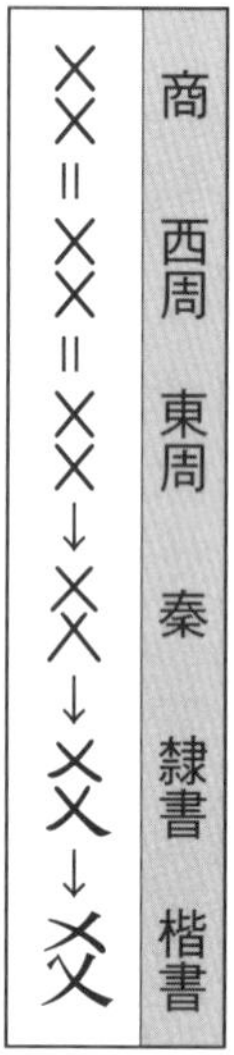

◀气的字形演變。

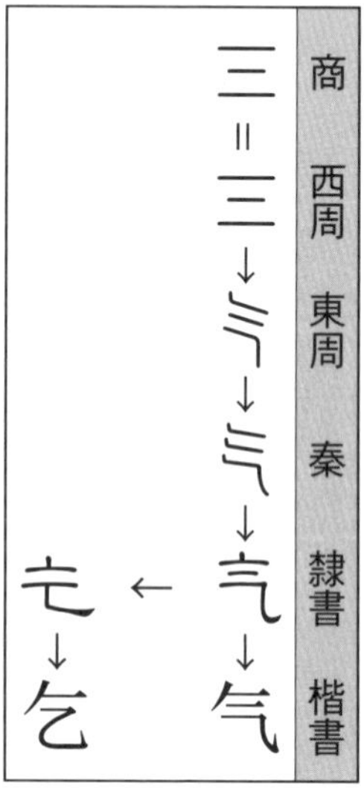

◀白的字形演變。

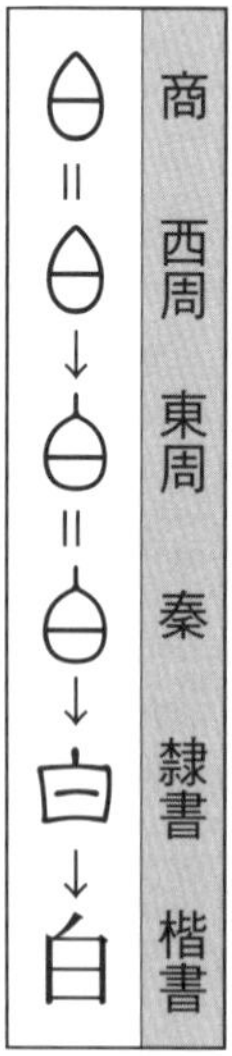

部首的誕生

無字源的部首

漢字的部首中，有一部分是為求方便而另外定義的，其中有許多是單純為了分類而從文字中提取出局部字形，原非獨立文字，在《說文解字》問世之後才變成字或部首。本單元要介紹的就是這類沒有具體字源的部首，並依筆畫數說明。

- 丨：只要文字中有特別長的縱向筆畫，就會被編列於丨部，例如「中」。而「中」字其實是獨立的象形字（𠁧），原本指朝不同方向飄揚的特殊旗幟。其讀音（按：丨音同滾）同樣是在《說文解字》問世後才決定的（以下部首皆是）。有一說認為，這是因為丨看起來像棍棒，所以依棍的讀音稱呼。
- 亅：亅也是取自文字的一部分，不過《說文解字》取用的是篆書𠄌。由於楷書時字形變成亅，《康熙字典》便將起源完全不同的予、事等字也編入這個部首。

• ノ：丿（⺄）取自篆書乂（乂），但是乂字在商代時是抽象表示繪畫的ⴵ，整體結構單一。

此外，商代時還有形狀與丿相近的丿，是八（八）的其中一邊，與後來的丿沒有直接的關係。

• 丶：丶是主（篆書寫作主）的簡化字，但主字在商代其實寫作𣎴，象徵照明用的火把。而楷書部首的丶則是源於火形（火）的簡化字，與前者的由來不同。

• 冖：商代有代表建築物的冂、代表圍繞的冂，其中一部分在篆書時變成冖。

▼丨與亅的字形演變。

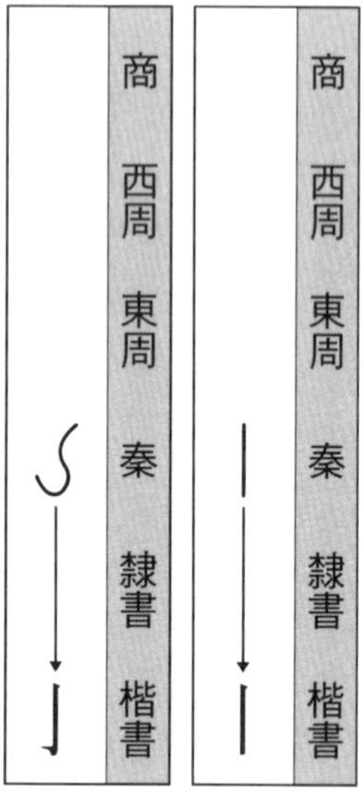

▼丿與丶的字形演變。

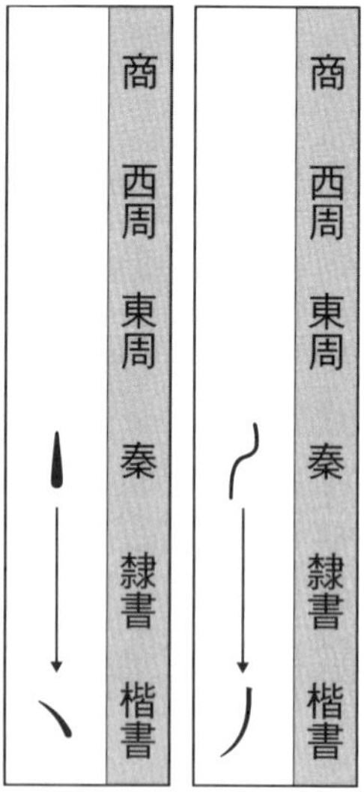

而楷書的冂部除了上述字形以外，也包括宀、勹等部首變形後同化的文字。

• **厶**：厶篆書時寫作□，簡單來說是私（篆書寫作□）的簡化字。但是，私字本來寫作□，右邊是表示占有的四邊形，指私有穀物。

• **彐（彑）**：彑（按：音同既）是從象徵野豬的彘（□）、錐的象形彔（□）等文字中取出，原本並非獨立的文字。

實際上，《康熙字典》列於目錄的是彐，但書中收錄的字大都使用彑（按：「彗」除外），整體相當不一致（按：《說文解字》時將彐錄為部首，彑則是後來演化出的寫法，但《康熙字典》仍依循前者的架構）。

• **内**：取自禽的一部分。

• **舛**：舛（□）取自舞（□，見第二一八頁）等字中代表人類雙腿的部分。

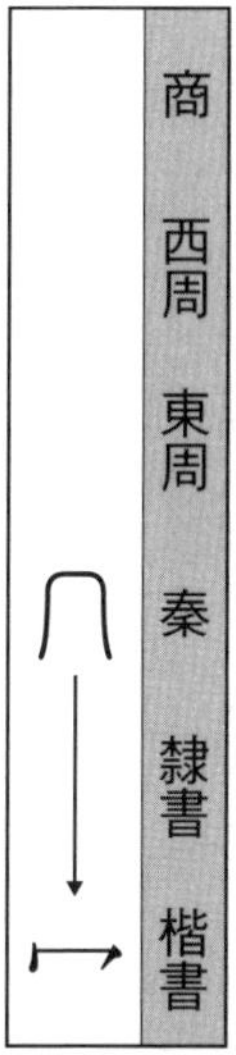

▲冂的字形演變。

▲厶的字形演變。

•亠：亠是最新的部首，連《說文解字》也未記錄。楷書為求方便，將京、交等字編入亠部，從字形來看就像鍋蓋一樣。

　順帶一提，《說文解字》將京、交視為獨立的部首，兩者字源分別是建築物京，以及小腿交錯（交）。

▲由右至左，依序為彐、㐫、舛、亠的字形演變。

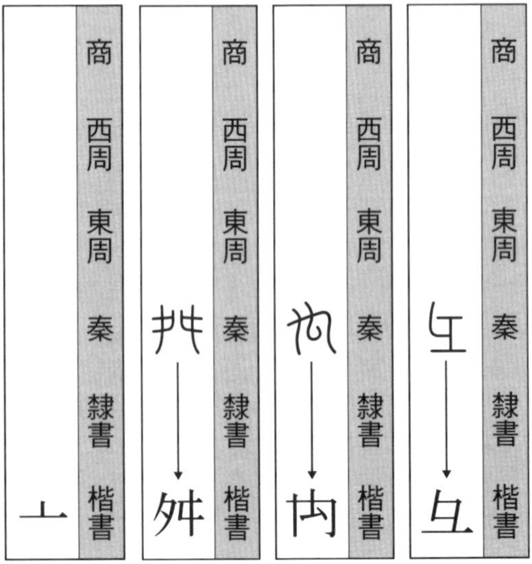

後記
從部首了解人類社會的起源

漢字由古代中國打造，反映著當時的社會環境，而**部首就像是那個世界的縮圖，包含動植物、人體、人造物等各式各樣的要素**。所以，歡迎多多翻閱本書，重新體認漢字世界的遼闊。

本書序章與第一章是概要，並從第二章開始介紹源於動植物的部首。儘管野生動物的種類很多，但是常用的部首多半與糧食有關，如牛、羊，或是穀物禾，可以從文字看見當代人類的生活。

第三章部首源於人體或人體部位，有許多表現人類模樣與行為的文字，所以會頻繁用到人（亻）、手（扌）等部首。由於文字以人類為主體，所以這類部首必然非常重要。

第四章則說明有關人造物品的部首，同樣與人類生活息息相關，例如衣服的衣（衤）、器物的皿等。此外，也有部首與當代的統治制度有關，像是軍事用的車、祭祀的示（礻）。

第五章探討自然、建築與土木的相關部首。自然方面，包括太陽「日」、山脈「山」；建築、土木工程方面則有住宅「宀」、十字路「行」等。還有其他以記號為基礎的部首，展現漢字世界的多樣化。

第六章介紹了複合字部首。隨著文明與社會的發展，必須表達的概念增加。例如：人與床（爿）合併成疒，並用於與疾病有關的文字中；以表示人類坐姿卩為基礎，強調頭部所打造出的頁字。

第七章闡述經過同化與分化的部首。大多數的文字並沒有固定的型態，而是會因時代而產生複雜的變化，像月亮外形的古文字，就分化為月與夕；原指軍旗的字形，則有一部分的形狀變得與方相同。

第八章則專注於起源曾有爭議，或至今仍無共識的部首。其中，鮮少被用來造字的部首，更容易隨著字形演變而有五花八門的說法，讓人難以確認起源。

透過認識漢字部首，有助於理解漢字的結構，讓書寫與記憶變得容易許多。或許對小學生來說，依靠部首記憶文字與否，對學習效率的差異不大，但若是以所有常用字為目標，則先理解部首的作用更有效率（按：依臺灣教育部公告，小學六年結束後，學生應已認識至少兩千七百字，且能使用約兩千兩百字；根據《常用國字標準字體表》，常用字有四千八百零八字）。

而到了是更高等的教育階段，就必須認識更多文字，所以對學校來說，讓學生理解部首的功能相當重要。

此外，學習部首有助於認識古代社會與生活，進而得知人類社會最初如何運作。**現代的人類社會同樣包含形形色色的要素，若是能夠了解社會的起源，邁向未來時才得以知道最普遍而關鍵的要素是什麼。**

謝辭：本書獲得了日本學術振興會（Japan Society for the Promotion of Science，縮寫為JSPS）科研費22K00542（基礎研究C）的補助，以及合作者佐藤信彌的許多建議。

同時也受亞洲・非洲語言文化研究所的共同研究課題「亞洲文字研究基礎研究的構築（三）——文字研究術語集的建構」協助，在此向各位表達謝意。

參考文獻

- 《貨幣的條件》，上田信著，筑摩書房，二〇一六年出版。
- 《唐楷書字典》，梅原清山編，二玄社，一九九四年出版。
- 《戰國秦漢時代的都市與國家》，江村治樹著，白帝社，二〇〇五年出版。
- 《部首解說辭典》，円滿字二郎著，研究社，二〇一三年出版。
- 《秦文字篇》，王輝主編，中華書局，二〇一五年出版。
- 《中國異體字大系・楷書篇》，王平主編，上海書畫出版社，二〇〇八年出版。
- 《古代中國的考古學》，岡崎敬著，第一書房，二〇〇二年出版。
- 《中國文明　農業與禮制的考古學》，岡村秀典著，京都大學學術出版會，二〇〇八年出版。
- 《角川　新字源》，小川環樹、西田太一郎、赤塚忠編，角川書店，一九六八年出版（修訂版於一九九四年出版）；《角川　新字源　修訂新版》，阿辻哲次、釜谷武志、木津祐子編，角川書店，二〇一七年出版。
- 《中國的考古學》，小澤正人、谷豐信、西江清高著，同成社，一九九九年出版。

- 《殷代史研究》，落合淳思著，朋友書店，二〇一二年出版。
- 《甲骨文字辭典》，落合淳思著，朋友書店，二〇一六年出版（第二版於二〇一八年出版）。
- 《漢字的字形》，落合淳思著，中央公論新社，二〇一九年出版。
- 《漢字的構造》，落合淳思著，中央公論新社，二〇二〇年出版。
- 《漢字讀音》，落合淳思著，東方書店，二〇二二年出版。
- 《漢字字形史字典【教育漢字對應版】》，落合淳思著，東方書店，二〇二二年出版。
- 《漢字的起源》，加藤常賢著，角川書店，一九七〇年出版。
- 《新漢語林》，鎌田正、米山寅太郎著，大修館書店，二〇〇四年出版（第二版於二〇一一年出版）。
- 《説文新証》，季旭昇，藝文印書館，二〇〇二年出版（新版於二〇一四年出版）。
- 《説文解字》，同治十二年（一八七三年）清代刊本（附檢字），（東漢）許慎著，中華書局，一九六三年出版。
- 《吉林大學藏甲骨集》，吳振武主編，上海古籍出版社，二〇二一年出版。
- 《戰國文字字形表》，黃德寬主編，上海古籍出版社，二〇一七年出版。
- 《古文字類篇（縮印增訂本）》，高明、涂白奎編，上海古籍出版社，二〇一四年出版。
- 《武丁與婦好》，故宮博物院等，雙瑩文創股份有限公司，二〇一二年出版。
- 《漢字源流字典》，谷衍奎編，語文出版社，二〇〇八年出版。

參考文獻

- 《里耶秦簡（壹）》，湖南省文物考古研究所編，文物出版社，二〇一二年出版。
- 《殷墟卜辭綜類》，島邦男編，大安，一九六七年出版（增訂版由汲古書院於一九七一年出版）。
- 《書道全集．一》，下中邦彥編，平凡社，一九五四年出版。
- 《甲金篆隸大字典》，徐無聞主編，四川辭書出版社，一九九一年出版（新版於二〇一〇年出版）。
- 《字統》，白川靜著，平凡社，一九八四年出版（新訂版於二〇〇四年出版）。
- 《隸書辨異字典》，沈道榮編，文物出版社，二〇〇八年出版。
- 《中國異體字大系．隸書篇》，臧克和、郭瑞主編，上海書畫出版社，二〇一〇年出版。
- 《康熙字典（檢索本）》，中華書局編輯部編，中華書局，二〇一〇年出版。
- 《考古精華》，中國社會科學院考古研究所編，科學出版社，一九九三年出版。
- 《殷墟的發現與研究》，中國社會科學院考古研究所編，科學出版社，一九九四年出版。
- 《安陽殷墟郭家莊商代墓葬》，中國社會科學院考古研究所編，中國大百科全書出版社，一九九八年出版。
- 《安陽殷墟花園莊東地商代墓葬》，中國社會科學院考古研究所編，科學出版社，二〇〇七年出版。
- 《西周金文字篇》，張俊成編，上海古籍出版社，二〇一八年出版。

- 《楚系簡帛文字篇》，滕壬生著，湖北教育出版社，二〇〇八年出版。
- 《新金文篇》，董蓮池編，作家出版社，二〇一一年出版。
- 《戰國文字篇（修訂本）》，湯餘惠主編，福建人民出版社，二〇一五年出版。
- 《學研　漢和大字典》，藤堂明保編，學習研究社，一九七八年出版。
- 《漢代石刻集成》，永田英正編，同朋舍出版，一九九四年出版。
- 《中國法書選六》，西林昭一、小谷喜一郎、村上幸造著，二玄社，一九八九年出版。
- 《上海博物館藏戰國楚竹書・一》，馬承源主編，上海古籍出版版社，二〇〇一年出版。
- 《中國古代生活史》，林巳奈夫著，吉川弘文館，一九九二年出版（新版於二〇〇九年出版）。
- 《故宮博物院⑫青銅器》，樋口隆康監修，日本放送出版協會，一九九八年出版。
- 《甲骨文字字釋綜覽》，松丸道雄、高嶋謙一編，東京大學出版會，一九九四年出版。
- 《神祕的王國【郜國王墓】展》，山口縣立萩美術館、浦上紀念館編，山口縣立萩美術館、浦上紀念館，一九九八年出版。
- 《殷墟甲骨刻辭類纂》，姚孝遂主編，中華書局，一九八九年出版。
- 《戰國楚簡字義通釋》，雷黎明著，上海古籍出版社，二〇二〇年出版。
- 《字源》，李學勤主編，天津古籍出版社，二〇一二年出版。
- 《安陽發掘》，李濟著，國分直一譯，新日本教育圖書，一九八二年出版。

部首索引

國家圖書館出版品預行編目（CIP）資料

部首的誕生：漢字之美，中文的「字」不只是意義的符號，更透露「人」應秉持的生活、信仰與世界觀。／落合淳思著；黃筱涵譯 . -- 初版 . -- 臺北市；任性出版有限公司，2025.09
288 面；14.8×21 公分 . –（drill；31）
ISBN　978-626-7505-87-8（平裝）

1. CST：中國文字　2. CST：漢字

802.27　　114007965

drill 031

部首的誕生

漢字之美，中文的「字」不只是意義的符號，更透露「人」應秉持的生活、信仰與世界觀。

作　　者／落合淳思
譯　　者／黃筱涵
責任編輯／張庭嘉
校對編輯／楊明玉
副 主 編／連珮祺
副總編輯／顏惠君
總 編 輯／吳依瑋
發 行 人／徐仲秋
會計部｜主辦會計／許鳳雪、助理／李秀娟
版權部｜經理／郝麗珍、主任／劉宗德
行銷業務部｜業務經理／留婉茹、專員／馬絮盈、助理／連玉
　　　　　行銷企劃／黃于晴、美術設計／林祐豐
行銷、業務與網路書店總監／林裕安
總 經 理／陳絜吾

出 版 者／任性出版有限公司
營運統籌／大是文化有限公司
　　　　臺北市 100 衡陽路 7 號 8 樓
　　　　編輯部電話：（02）23757911
　　　　購書相關諮詢請洽：（02）23757911 分機 122
　　　　24 小時讀者服務傳真：（02）23756999
　　　　讀者服務 E-mail：dscsms28@gmail.com
　　　　郵政劃撥帳號：19983366　戶名：大是文化有限公司

香港發行／豐達出版發行有限公司 Rich Publishing & Distribution Ltd
　　　　地址：香港柴灣永泰道 70 號柴灣工業城第 2 期 1805 室
　　　　　　Unit 1805, Ph.2, Chai Wan Ind City, 70 Wing Tai Rd, Chai Wan, Hong Kong
　　　　電話：21726513　傳真：21724355　E-mail：cary@subseasy.com.hk

封面設計／尚宜設計
內頁排版／王信中、楊思思
印　　刷／韋懋實業有限公司

出版日期／ 2025 年 9 月 初版
定　　價／新臺幣 480 元（缺頁或裝訂錯誤的書，請寄回更換）
I S B N ／ 978-626-7505-87-8
電子書 ISBN ／ 9786267505892（PDF）
　　　　　　9786267505885（EPUB）